Paul Lafargue

# Das Recht auf Faulheit

## Widerlegung des »Rechts auf Arbeit« von 1848

20,21.41
W0348379

**Impressum**

Paul Lafargue
Das Recht auf Faulheit
Widerlegung des »Rechts auf Arbeit« von 1848

© Trotzdem Verlagsgenossenschaft, Frankfurt/Grafenau
4. Auflage, 2006

Alle Rechte vorbehalten

Satz & Layout: Bob Bongers
Umschlag: Veit Schiele, Unart, Berlin
Druck: Druckcooperative Karlsruhe

Trotzdem Verlagsgenossenschaft
Mainzer Landstrasse 107
60329 Frankfurt

T 069 – 238 02 876
F 069 – 238 02 874
info@trotzdem-verlag.de
www.trotzdem-verlag.de

3-931786-03-X
978-3-931786-03-8 (ab 1 Januar 2007)

Inhalt



*Harmonie zwischen Mensch und Maschine? Diese Aufnahme von Lewis Hine, einem liberalen Reformisten, aus dem Jahre 1920 widerspricht zugleich den politischen Implikationen des Fotografen, zu offenkundig ist die Haltung des Arbeiters und des Schraubenschlüssels allein ästhetischen Anschauungen geschuldet - das Bild ist inszeniert.*

## Pablo Pereza
## Das Recht auf Faulheit - 100 Jahre später

I

„Arbeite, bis die Sinne schwinden!
Arbeite, bis die Kraft versiegt!
Arbeite - Wirst ja Ruhe finden,
Wenn dein Gebein im Grabe liegt“
(Georg Weerth, 1844/45)

Über 100 Jahre sind vergangen, seit Paul Lafargue den hier vorliegenden Text erstmals, im Jahre 1883, veröffentlichte.

Die Neuherausgabe mag irritieren, wo doch allenthalben die Massenarbeitslosigkeit als Übel angesehen wird und der Erhalt der „Wettbewerbsfähigkeit“ und des „Standortes Deutschlands“, ein ominöses „Bündnis für Arbeit“ und schließlich die „Flexibilisierung“ der Arbeitswelt als vermeintliche Lösungsmodelle die Menschen beseelen. Tatsächlich scheint das Massenbewußtsein nur noch den Erhalt der Arbeitsplätze im Kopf zu haben - keine Idee mehr von der Abschaffung der Arbeit.

Uns ist das zu wenig, und wir wissen uns da in bester Gesellschaft mit Karl Marxens Schwiegersohn Lafargue, der sein Traktat als Gegenmodell zum von der Sozialdemokratie stets propagierten „Recht auf Arbeit“ verfaßt hatte. Nun sind die konkreten Zahlen, die Lafargue zugrunde lagen, zweifellos überholt. Ganz und gar nicht überholt aber ist der Extrakt aus dem vorliegenden Pamphlet: die Arbeit als Selbstzweck nämlich zu verneinen und vielmehr zu fragen, wer denn nun unter welchen Bedingungen für wessen Bedürfnisse sich abplagt.

Insofern ist diese Schrift denn auch unsere Kampfansage gegen zunehmende Zwangsverpflichtungen von Arbeitslosen und SozialhilfeempfängerInnen und gegen „Zumutbarkeitsregelungen“, bei denen z.B. die Ablehnung eines täglichen Weges von drei, vier Stunden zur Arbeit bereits als Grund zum Entzug der Arbeitslosengeldzahlung herangezogen wird; gegen Kürzungen im Sozialbereich und eine Phraseologie vom „Sozialbetrug" und vom „kollektiven Freizeitpark" (den gibt´s - geschätzte 200.000 Kapitaleigner in der BRD leben allein von den Zinsen eines Vermögens, das sie ohne die Ausbeutung der Arbeitskraft anderer nie hätten erlangen können). Widerstand ist angesagt gegen eine Ideologie, die den Menschen zum „Kostenfaktor" degradiert, obgleich der Anteil der Löhne und Gehälter an den Produktkosten seit Jahren sinkt - wie schön, dass denn bald als logische Konsequenz dieser Argumentation nach dem Prinzip Dolly nette und willige, vor allem billige Arbeitsmaschinen geklont werden dürften. Nun, soweit ist es noch nicht, aber wir erleben tagaus, tagein eine Ideologie, die sämtliche Teilbereiche des gesellschaftlichen Lebens immer stärker mit arbeitsförmigen Mustern durchdringt, nicht zuletzt z.B. im Bereich der „Freizeit"-Industrie. Auch ein Blick zum gepriesenen „Jobwunder USA" zeigt, was uns droht, wenn wir nicht aufpassen: Niedriglöhne haben dort rein rechnerisch zwar ein paar Millionen neue Arbeitsplätze geschaffen - nur muß jede/r jetzt halt auch 2, 3 Jobs haben, um schlichtweg überleben zu können.

## II

„Ein Faulpelz ist ein Mensch, der nichts so gerne tut wie nichts" (Georg Thomalla)

Wir haben Besseres zu tun, als für den warmen Hintern der Herren zu malochen. Entschleunigung und Verlangsamung sind Stichworte, das brutale Diktat der fortwährenden und stets zerstörerischen Arbeit zu unterlaufen. Was haben wir davon, unter dem Primat der Ökonomie in immer schnellerem Tempo immer größere Werte zu schaffen, während wir uns immer mehr Berufskrankheiten holen und Sozialbeziehungen wie Umwelt den sprichwörtlichen Bach runtergehen?

Ohnehin ist das Ende der Arbeit gekommen: im traditionellen Produktionsbereich werden wir schon längst nicht mehr gebraucht, doch auch im vielfach als Hort kommender Arbeitsplätze beschworenen Dienstleistungssektor sind die Automatisierungspotentiale noch längst nicht ausgeschöpft. Abgesehen davon kann´s unser Daseinszweck nicht sein, denen, die´s sich noch leisten können, zu dienern. Dafür, dass es einigen prächtig geht, sorgen wir schließlich schon dadurch, daß wir uns in einem weltweiten Sozialdumping weitgehend unwidersprochen gegenseitig ausspielen lassen (Stichwort Globalisierung). So bringen allein die fünf(!) reichsten Menschen der BRD das an Privatvermögen auf die Waage, was von der Bundesanstalt für Arbeit als halber Jahresetat veranschlagt wird. Und die 300 reichsten Menschen dieser Erde haben ein größeres Vermögen zusammengerafft als die ärmsten drei Milliarden Menschen gemeinsam vorweisen können. Von wegen, es ist kein Geld da: es ist nur in den falschen Händen.

## III

„Willst du nicht arbeiten, so hilft dir kein beten“
(volkstümliches Sprichwort)

Genug ist genug. Wer es nicht mehr einsieht, sich für die Profite der Multis den Buckel krumm zu machen - alleine Siemens hat zwölf Milliarden Mark in der „Kriegskasse“ (Firmenzitat!) und Mercedes-Benz weist für 1997 trotz mißglücktem Elchtest mal eben drei Milliarden Mark Gewinn aus - der findet in Lafargue´s Schrift Ansätze, der tradierten Denkspirale zu entkommen. Lafargue skizziert uns in kräftigen, polemischen Worten eine Vision mit Hand und Fuss. Und Visionen brauchen wir, wenn wir aus den Denkblockaden flüchten wollen, die um uns herum aufgetürmt, von uns verinnerlicht und etikettiert mit Begriffen wie „Sachzwang“ und „Naturgesetz“ wurden. Setzen wir dem Käfig vom „Beschäftigtsein“ ein Ende.

Mit Solidarität, Eigensinn, Kreativität und Kooperation sollte es immerhin möglich sein, unseren Lebensunterhalt auf menschlichere Art und Weise zu erlangen. LEBEN ist mehr als „Arbeit haben" - hat uns diese Welt wirklich nicht mehr zu bieten als Knechtschaft, organisierte Spektakel und das Anhäufen von Schnickschnack?

## IV

„Bei den fleissigen Ameisen herrschte eine sonderbare Sitte: Die Ameise, die in acht Tagen am meisten gearbeitet hat, wird am neunten Tage feierlich gebraten und von den Ameisen ihres Stammes gemeinschaftlich verspeist" (Paul Scheerbart)

Hinter Lafargue lauert das alte und noch nie vollends verwirklichte Projekt des Aufstands, das der Spiessbürgerei und den Tempeln von Geld und Konsumwahn eine endgültige Absage erteilt. Denn das ist der wahre Aufstand, bei dem von Beginn an dafür Sorge getragen wird, das am Ende nicht wieder neue Helden der Arbeit und Hüter des Mammon auferstehen.

Hier streifen wir übrigens auch ein Lafargue´sches Thema, denn dieser hat eine hübsche Satire auf die Predigten des Kapitals und seine Fetische geschrieben (Die Religion des Kapitals, 1890, Neuausgabe Monte Verita Verlag, Wien). Ironisch formuliert er dort im „Andachtsbüchlein" die „Pflichten des Kapitals":

Der Kapitalist sagt: Die Gesellschaft, das bin ich, die Moral, das ist mein Interesse... Er spekuliert nicht über das Wesen der Tugend, des Gewissens und der Liebe, sondern über ihren Kauf und Verkauf. Er untersucht nicht, ob die Freiheit an sich ein Gut ist; er nimmt sich alle Freiheiten und lässt dem Arbeiter nur den Namen derselben. Er streitet nicht darüber, ob Recht vor Moral geht, denn er weiss, dass er alle Rechte hat, weil er das Kapital hat... Der Kapitalist erkennt dem Arbeiter kein Recht zu, nicht einmal das „Recht auf Arbeit" betitelte Recht auf Sklaverei... (S.72 ff.)

V

„Arbeit
Arbeit
brä brä brä brä brä brä brä brä brä"
(der Dadaist Richard Huelsenbeck 1916)

Auch wenn uns die neoliberalistischen Ideologen von CDUCSUFDPSPDGRÜNEN glauben machen wollen, dass ökonomische Fixierungen und sozialstaatliche Grundhaltung kein Widerspruch seien, sich gar bedingen würden (Grünen-Star Joschka Fischer stellt sich einen Unternehmer als Wirtschaftsminister vor): lassen wir uns von ihren Beruhigungspillen nicht einlullen, gehen wir nicht mit ihnen in die Falle der Globalisierung.

Gleich einer Kirche haben die Herren ihr Glaubensgebäude errichtet, mit Hilfe ihrer Vasallen aus Kapital, Banken, Währungsfond und Medien. Kalt und blank ist ihre Kathedrale, doch noch steht sie mächtig und unangefochten da, während wir nur leere Hände haben. Zeit, sich zu besinnen auf die KritikerInnen der Krake Kapital. Lafargue ist einer von ihnen, und mit der Kritik der Arbeit rüttelt er an den Grundfesten des Systems. Denn Arbeit ist immer noch zentraler Teil einer Herrschaftsideologie, ist Zwang, auch wenn das Verständnis davon heute verschwommen ist und dieser Zusammenhang heute nicht mehr so drakonisch versinnbildlicht wird wie im Nationalsozialismus, als „Arbeit macht frei" ausgerechnet über den KZ-Toren stand. Natürlich ist es nicht damit getan, beim Übergang ins 21. Jahrhundert bei der Kritik des 19.Jahrhunderts stehen zu bleiben. Und einiges an Lafargue´s Texten, etwa sein heute naiv anmutender Fortschrittsoptimismus oder seine Idealisierung des „edlen Wilden", mag uns befremden. Als Bruchstück einer ins 21. Jahrhundert transformierbaren Methode jedoch ist einer wie er weiterhin lebendig.

## VI

„Deutsche immer fitter -
1997 im Durchschnitt nur noch 9,2 Fehltage pro Beschäftigten"
(Zeitungsmeldung im Dezember ´97)

Lafargue - ein Utopist, erst recht jene, die sich unverbesserlich immer noch auf ihn beziehen? Angesichts des Umstandes, dass nach Jeremy Rifkin (Das Ende der Arbeit und ihre Zukunft, Fischer Taschenbuch, Frankfurt/M. 1997) in der nahen Zukunft achtzig Prozent der noch bestehenden Arbeitsplätze technologisch vernichtet werden, verwirklicht sich Lafargue gewissermassen durch die Hintertür. So oder so kündigt sich ein Wandel an, dessen ganzes Ausmaß noch gar nicht überschaubar ist. Die Frage steht an, wie künftig das schrumpfende Potential an notwendiger Arbeit verteilt sein soll. Zumal eine derart extreme Massenarbeitslosigkeit im Rahmen der jetzigen Gesellschaftsordnung natürlich nicht als primär befreiend empfunden wird, sondern durchaus existentielle Probleme aufgeworfen werden. Und da die kapitalistische Gesellschaft sich auf´s ewige Wachstum gründet , ist klar, was passieren wird, wenn die Kaufkraft rückläufig ist - womit sich die Arbeitslosigkeit weiter verstärkt. Rifkin weist darauf hin, daß es entscheidend von den Rahmenbedingungen abhängt, ob die Arbeitslosigkeitsgesellschaft als hübscher, befreiender Freizeitgewinn oder als brutale Krise wahrgenommen wird. Die Arbeit verschwindet, und damit wird der Mythos brüchig, der Arbeit als Motor menschlicher Entwicklung ansieht. Auch wenn die Macht sich damit selbst untergräbt und die Bedingungen für eine Kritik der Arbeit lange nicht mehr so günstig waren: es sieht nicht so aus, als ob die Linke dies begreifen wollte, und die Herrschenden laborieren weiter mit altertümlichen herkömmlichen Kategorien und Handlungsmechanismen.

Wenn es beispielsweise stimmt, dass die französische Regierung 1996 immerhin 40 Milliarden Franc locker gemacht hat, um damit schlappe 15.000 Arbeitsplätze zu schaffen, wäre es vermutlich sinniger gewesen, diesen Etat im Rahmen einer Lotterie an 15.000 Arbeitslose auszuschütten (hätte umgerechnet knapp 800.000 DM pro Person ergeben). Milliardenschwere Staatsaufträge z.B. im Rahmen der Rüstung (siehe Eurofighter), die uns nebenher auch als Arbeitsplatzschaffung bzw. -sicherung verkauft werden, dürften ein ähnliches Pro-Kopf-Volumen ausweisen.

Krass auch das britische Modell der „Nullstundenarbeit": hier erhalten die Beschäftigten nur dann Lohn, wenn sie auch wirklich arbeiten, müssen jedoch in den Zwischenzeiten bedingungslos zu Hause auf Abruf bereit stehen und jederzeit verfügbar sein (Viviane Forrester: Der Terror der Ökonomie, Zsolnay Verlag, Wien 1997).

Sinnvoll ist das nicht, sondern geprägt von der panischen Angst vorm Verfall der morschen Arbeitsideologie oder vom Geist des Begleichens alter Rechnungen (nun mit dem Druck der Massenarbeitslosigkeit die Reste aufmüpfigen ArbeiterInnen-Bewusstseins endgültig kleinzukriegen). Diese Ideologie freilich wird uns, so ist zu befürchten, noch länger begleiten. Und sei´s nur als Nebenprodukt der Sozialschmarotzer-Lüge, in deren Folge dann impliziert ist, dass wer nicht arbeitet, auch nicht essen solle. Das Recht auf Leben bemißt sich im Kapitalismus an der Pflicht, zu arbeiten (und wer dies nicht kann oder will, ist halt einfach „selbst schuld" an seiner Misere), ganz abgesehen davon, dass in der Wertehierarchie ganze Arbeitsbereiche wie z.B. die Reproduktionsarbeit ausgeblendet bleiben. Humaner als der wieder unverhüllt durchscheinende Sozialdarwinismus, des im Schweif der verharmlosend „Deregulierung" genannten Entwicklungen einsetzende Sozialdumping und die Unterwerfung aller menschlicher Lebensäusserungen unter die Macht und die Logik des Marktes ist Lafargue allemal. Und auch nicht weniger utopisch als die Prediger des befreiten, totalen Marktes.

## VII

„Berufsverbot für alle!"
(Motto der Flugschrift „Der glückliche Arbeitslose")

Schon der Titel „Das Recht auf Faulheit" ist eine einzige Provokation, zumal in Deutschland wurde „Faulheit" historisch als abgrenzender Begriff gegen „Arbeitsscheue" benutzt. „Recht auf Müßiggang" etwa hätte in bürgerlichen Ohren noch annehmbar geklungen, aber „Faulheit" ist eindeutig negativ belegt. Lafargue symbolisiert damit unmissverständlich, dass er nicht um etwas mehr Erholung oder etwas längere Pausen bitten wollte. Ihm ging es um die grundsätzliche Verwerfung des Arbeitsethos, der Tugend des Fleisses (den nach einer BRAVO-Umfrage noch immer 75% der befragten Jugendlichen als vorrangigen Einfluss auf das eigene Leben betrachten) und des Zwangscharakters von Arbeit. Arbeit macht aus freien Menschen Sklaven, so Lafargue´s Befund, und entsprechend hat er es an Vehemenz und Schärfe in der Kritik nicht fehlen lassen. Mit Erfolg: „Das Recht auf Faulheit" ist sein originellstes und populärstes Werk geworden. Am Ende der Arbeit lauert das Glück, und Lafargue hat es geschafft, den Sehnsüchten vieler Menschen nach einem anderen Leben eine Stimme zu geben. Gleichermassen wendet er sich in diesem Text gegen jede Askese und gegen die ökonomische Verkürzung des Sozialismus. Der puritanischen, engen Sozialismus-Auslegung stellt Lafargue seine Vorstellungen von Genuss und Lebenskunst entgegen. Indessen ist die Arbeitssucht nur eines der Zielgebiete der stets von Humor getragenen Artikel Lafargue´s, der wohl zu den vielseitigsten Schriftstellern der Arbeiterbewegung zu zählen ist. So befasste sich der 1842 in Santiago de Cuba geborene, 1851 mit seiner Familie nach Frankreich umgesiedelte Lafargue mit diversen naturwissenschaftlichen, kulturellen und ethnologischen Themen, unter anderem mit der Veränderung der französischen Sprache zur Zeit der Revolution und mit Hochzeitsliedern und -bräuchen. Neben der Arbeit an seinen vielen Artikeln war Paul Lafargue u.a. ab 1866 Mitglied des Generalrats der Internationalen Arbeiter-Association, 1871 für die Pariser Commune in Südfrankreich aktiv, nach ihrer Niederschlagung im Londoner Exil tätig (dort lernt er seine spätere Frau, die Tochter von Jenny und Karl Marx, kennen) und 1891-93 Abgeordneter im französischen Parlament. „Faul" war der unermüdlich aufklärerisch wirkende Lafargue also lediglich nach der bürgerlichen Definition von Arbeitsamkeit und Fleiss.

Um ausserhalb der parlamentarischen Bühne breitere Schichten erreichen zu können, schreibt der „Abkömmling eines Gorillas" (Marx über Lafargue) immer wieder glühende, engagierte und anregende Texte. Nicht zuletzt ist Lafargue einer der ganz wenigen Marxisten, der sich eingehend mit der Herausbildung des Patriarchats, der „Frauenfrage" und den Geschlechterverhältnissen beschäftigte*[1], und dies wohlgemerkt aus dezidiert emanzipatorischem Blickwinkel. Unerreicht aber, auch von seiner Wirkung, steht bei all dieser beachtlichen Vielfalt „Das Recht auf Faulheit" da, eine Schrift, die wie keine zweite den Schleier von der dumpfen Arbeitsethik zu reissen und diese der Lächerlichkeit preiszugeben vermochte.

Lafargue, von seiner politischen Herkunft Marxist (vom Schwiegervater Kalle Marx freilich als „letzter Bakunist" verdächtigt), schreckte zeitlebens nicht davor zurück, couragiert auch seine eigene Klientel vor den Kopf zu stossen. Gerade bei seiner Kritik der Arbeit gerät er bis zur regelrechten Proletariatsbeschimpfung, logischerweise: schließlich hat die ArbeiterInnenbewegung selbst ja die Arbeit in den Heiligenstand erhoben. Wir haben mit Lafargue also den Vetreter eines selbstkritischen Ketzertums vor uns, von dem die im eigenen Saft schmorende Linke hierzulande durchaus lernen kann.

*[1] vgl. Paul Lafargue: Geschlechterverhältnisse - Ausgewählte Schriften. Argument Verlag, Hamburg 1995; dieser lohnenswerte Band beinhaltet zugleich die umfassendste deutschsprachige Lafargue-Biographie

Sozialdemokratische Bibliothek.

XIX.

# Das Recht auf Faulheit.

Von

**Paul Lafargue.**

Aus dem Französischen.

**Motto**
(für die deutsche Ausgabe):

Laßt uns faul in allen Sachen,
Nur nicht faul zu Lieb' und Wein,
Nur nicht faul zur Faulheit sein!
G. E. Lessing.

Hottingen-Zürich.
Verlag der Volksbuchhandlung.
1887.

*Umschlag der deutschen Erstausgabe des "Recht auf Faulheit" von 1887*

Paul Lafargue

# Das Recht auf Faulheit

Widerlegung des
»Rechts auf Arbeit«
von 1848

## Vorwort

Im Jahre 1849 sagte Herr Thiers als Mitglied der Kommission für den Elementarschulunterricht: »Ich will den Einfluß des Klerus zu einem allgemeinen machen, weil ich auf ihn rechne in der Verbreitung jener gesunden Philosophie, die den Menschen lehrt, daß er hier ist, um zu leiden, und nicht jener anderen Philosophie, die im Gegenteil zum Menschen sagt: Genieße!« Herr Thiers formulierte damit die Moral der Bourgeoisie, deren brutaler Egoismus und deren engherzige Denkart sich in ihm verkörperte.[1]

Als das Bürgertum noch gegen den von der Geistlichkeit unterstützten Adel ankämpfte, pflanzte es das Banner der freien Forschung und des Atheismus auf; kaum aber hatte es sein Ziel erreicht, so änderte es Ton und Haltung; und heute sehen wir es bemüht, seine ökonomische und politische Herrschaft auf die Religion zu stützen. Im 15. und 16. Jahrhundert hatte es fröhlich die Überlieferungen des Heidentums aufgegriffen und das Fleisch und dessen Leidenschaften, diesen »Greuel« in den Augen der christlichen Moral, verherrlicht; heute dagegen, wo es in Reichtum und Genüssen aller Art fast erstickt, will es von den Lehren seiner Denker, der Rabelais und Diderot, nichts wissen und predigt den Lohnarbeitern Enthaltsamkeit.

Die kapitalistische Moral, eine jämmerliche Kopie der christlichen Moral, belegt das Fleisch des Arbeiters mit einem Bannfluch: Ihr Ideal besteht darin, die Bedürfnisse des Produzenten auf das geringste Minimum zu reduzieren, seine Genüsse und seine Leidenschaften zu ersticken und ihn zur Rolle einer Maschine zu verurteilen, aus der man ohne Rast und ohne Dank Arbeit nach Belieben herausschindet.

Die revolutionären Sozialisten sind somit vor die Aufgabe gestellt, den Kampf, den einst die Philosophen und Satiriker des Bürgertums gekämpft, wieder aufzunehmen: sie haben wider die Moral und die Soziallehren des Kapitalismus Sturm zu laufen und in den Köpfen der zur Aktion berufenen Klasse die Vorurteile auszurotten, welche die herrschende Klasse gesät hat; sie haben allen Moralitätsheuchlern gegenüber zu verkünden, daß die Erde aufhören wird, das Tal der Tränen für die Arbeiter zu sein, daß in der kommunistischen Gesellschaft, die wir errichten werden - »wenn es geht, friedlich, wenn nicht, mit Gewalt« -, die menschlichen Leidenschaften freien Spielraum haben werden, da alle »von Natur aus gut sind, wir nur ihren falschen und übermäßigen Gebrauch zu vermeiden haben«.[2] Und das wird nur durch das freie Gegenspiel der Leidenschaften und die harmonische Entwicklung des menschlichen Organismus erreicht, »denn«, sagt Dr. Beddoe, »erst wenn eine Rasse das Maximum ihrer physischen Entwicklung erreicht, erreicht sie auch den höchsten Grad von moralischer Kraft und Energie«. Das war auch die Meinung des großen Naturforschers Charles Darwin.[3]

Die Widerlegung des Rechts auf Arbeit, die ich mit einigen zusätzlichen Anmerkungen neu herausgebe, erschien in der Zeitschrift *L'Egalité* von 1880.

Gefängnis Sainte-Pélagie, 1883

Paul Lafargue

I

# Ein verderbliches Dogma

*Laßt uns faul in allen Sachen,*
*Nur nicht faul zu Lieb' und Wein,*
*Nur nicht faul zur Faulheit sein.*
Lessing

Eine seltsame Sucht beherrscht die Arbeiterklasse aller Länder, in denen die kapitalistische Zivilisation herrscht. Diese Sucht, die Einzel- und Massenelend zur Folge hat, quält die traurige Menschheit seit zwei Jahrhunderten. Diese Sucht ist die Liebe zur Arbeit, die rasende, bis zur Erschöpfung der Individuen und ihrer Nachkommenschaft gehende Arbeitssucht. Statt gegen diese geistige Verirrung anzukämpfen, haben die Priester, die Ökonomen und die Moralisten die Arbeit heiliggesprochen. Blinde und beschränkte Menschen, haben sie weiser sein wollen als ihr Gott; schwache und unwürdige Geschöpfe, haben sie das, was ihr Gott verflucht hat, wiederum zu Ehren zu bringen gesucht. Ich, der ich weder Christ noch Ökonom, noch Moralist zu sein behaupte, ich appelliere von ihrem Spruch an den ihres Gottes, von den Vorschriften ihrer religiösen, ökonomischen oder freidenkerischen Moral an die schauerlichen Konsequenzen der Arbeit in der kapitalistischen Gesellschaft.

In der kapitalistischen Gesellschaft ist die Arbeit die Ursache des geistigen Verkommens und körperlicher Verunstaltung. Man vergleiche die von einer ganzen Schar zweihändiger Knechte bedienten Vollblutpferde in den Ställen eines Rothschild mit den schwerfälligen normannischen Gäulen, welche das Land beackern, den Mistwagen ziehen und die Ernte einfahren müssen. Man betrachte den stolzen Wilden, wenn ihn die Missionare des Handels und die Handlungsreisenden in Glaubensartikeln noch nicht durch Christentum, Syphilis und das Dogma von der Arbeit korrumpiert haben, und dann vergleiche man mit ihnen unsere abgerackerten Maschinensklaven.[4]

Will man in unserem zivilisierten Europa noch eine Spur der ursprünglichen Schönheit des Menschen finden, so muß man zu den Nationen gehen, bei denen das ökonomische Vorurteil den Haß wider die Arbeit noch nicht ausgerottet hat. Spanien, das jetzt allerdings auch aus der Art schlägt, darf sich noch rühmen, weniger Fabriken zu besitzen als wir Gefängnisse und Kasernen; aber des Künstlers Auge weilt bewundernd auf dem kühnen, kastanienbraunen, gleich Stahl elastischen Andalusier; und unser Herz schlägt höher, wenn wir den in seiner durchlöcherten *Capa* majestätisch drapierten Bettler einen Herzog von Ossuna mit *amigo* traktieren hören. Für den Spanier, in dem das ursprüngliche Tier noch nicht ertötet ist, ist die Arbeit die schlimmste Sklaverei.[5] Auch die Griechen hatten in der Zeit ihrer höchsten Blüte nur Verachtung für die Arbeit; den Sklaven allein war es gestattet zu arbeiten, der freie Mann kannte nur körperliche Übungen und Spiele des Geistes. Das war die Zeit eines Aristoteles, eines Phidias, eines Aristophanes, die Zeit, da eine Handvoll Tapferer bei Marathon die Horden Asiens vernichtete, welches Alexander bald darauf eroberte. Die Philosophen des Altertums lehrten die Verachtung der Arbeit, diese Herabwürdigung des freien Mannes; die Dichter besangen die Faulheit, dieses Geschenk der Götter:

O Melibae, Deus nobis haec otia fecit.[6]

Christus lehrt in der Bergpredigt die Faulheit: »Sehet die Lilien auf dem Felde, wie sie wachsen; sie arbeiten nicht, auch spinnen sie nicht, und doch sage ich Euch, daß Salomo in all seiner Pracht nicht herrlicher gekleidet war.«[7]

Jehovah, der bärtige und sauertöpfische Gott, gibt seinen Verehrern das erhabenste Beispiel idealer Faulheit: nach sechs Tagen Arbeit ruht er auf alle Ewigkeit aus.

Welches sind dagegen die Rassen, denen die Arbeit ein organisches Bedürfnis ist? Die Auvergnaten;[8] die Schotten, diese Auvergnaten der Britischen Inseln; die Galizier, diese Auvergnaten Spaniens; die Pommern, diese Auvergnaten Deutschlands; die Chinesen, diese Auvergnaten Asiens. Welches sind in unserer Gesellschaft die Klassen, welche die Arbeit um der Arbeit willen lieben? Die Kleinbauern und Kleinbürger, welche, die einen auf ihren Acker gebückt, die andern in ihren Butiken vergraben, dem Maulwurf gleichen, der in seiner Höhle herumwühlt, und sich nie aufrichten, um mit Muße die Natur zu betrachten.

Und auch das Proletariat, die große Klasse der Produzenten aller zivilisierten Nationen, die Klasse, die durch ihre Emanzipation die Menschheit von der knechtischen Arbeit erlösen und aus dem menschlichen Tier ein freies Wesen machen wird, auch das Proletariat hat sich, seine Instinkte verleugnend und seinen historischen Beruf verkennend, von dem Dogma der Arbeit verführen lassen. Hart und schrecklich war seine Züchtigung. Alles individuelle und soziale Elend entstammt seiner Leidenschaft für die Arbeit.

II

# Der Segen der Arbeit

Im Jahre 1770 erschien in London eine anonyme Schrift, betitelt: *An essay on trade and commerce,*[9] die zu ihrer Zeit ein gewisses Aufsehen machte. Ihr Verfasser, ein großer Philanthrop, erboste sich darüber, daß »der englische Manufakturpöbel es sich in den Kopf gesetzt, daß ihm als Engländer durch das Recht der Geburt das Privileg zukomme, freier und unabhängiger zu sein als das Arbeitervolk in irgendeinem andren Lande von Europa. Nun, diese Idee, soweit sie auf die Tapferkeit unserer Soldaten einwirkt, mag von einigem Nutzen sein; aber je weniger die Manufakturarbeiter davon haben, desto besser für sie selbst und für den Staat. Arbeiter sollten sich nie für unabhängig von ihren Vorgesetzten halten... Es ist außerordentlich gefährlich, Mobs in einem kommerziellen Staat, wie dem unsrigen, zu ermutigen, wo vielleicht sieben Teile von den acht der Gesamtbevölkerung Leute mit wenig oder keinem Eigentum sind... Die Kur wird nicht vollständig sein, bis unsre industriellen Armen sich bescheiden, sechs Tage für dieselbe Summe zu arbeiten, die sie nun in vier Tagen verdienen.«

So predigte man bereits hundert Jahre vor Guizot die Arbeit als einen Zügel für die edlen menschlichen Leidenschaften.

»Je mehr meine Völker arbeiten, um so weniger Laster wird es geben«, schrieb Napoleon am 5. Mai 1807 aus Osterode. »Ich bin die Autorität,... und ich wäre geneigt zu verfügen, daß sonntags nach vollzogenem Gottesdienst die Geschäfte wieder geöffnet werden und die Arbeiter wieder ihrer Beschäftigung nachgehen sollen.«

Um die Faulheit auszurotten und um den Stolz und Unabhängigkeitssinn zu beugen, schlug der Verfasser des *Essay on trade* vor, die Armen in ideale Arbeitshäuser (*ideal workhouses*) einzusperren, die »Häuser des Schreckens sein müßten, in denen man 14 Stunden pro Tag in der Weise arbeiten sollte, daß nach Abzug der Mahlzeiten volle 12 Arbeitsstunden übrigbleiben«.

12 Arbeitsstunden pro Tag, das Ideal der Philanthropen und Moralisten des 18.Jahrhunderts. Wie weit sind wir über dieses Nonplusultra hinaus! Die modernen Werkstätten sind ideale Zuchthäuser geworden, in welche man die Arbeitermassen einsperrt, und in denen man nicht nur die Männer, sondern auch die Frauen und Kinder zu zwölf- und vierzehnstündiger Zwangsarbeit verdammt![10] Und die Nachkommen der Schrekkenshelden haben sich durch die Religion der Arbeit so weit degradieren lassen, daß sie 1848 das Gesetz, welches die Arbeit in den Fabriken auf 12 Stunden täglich beschränkte, als eine revolutionäre Errungenschaft entgegennahmen; sie proklamierten das Recht auf Arbeit als ein revolutionäres Prinzip. Schande über das französische Proletariat![11] Sklaven nur sind einer solchen Erniedrigung fähig. 20 Jahre kapitalistischer Zivilisation müßte man aufwenden, um einem Griechen der heroischen Zeit eine solche Entwürdigung begreiflich zu machen!

Und wenn die Leiden der Zwangsarbeit über das Proletariat hereingebrochen sind, zahlreicher als die Heuschrecken der Bibel, so ist es dieses selbst gewesen, das sie heraufbeschworen.

Dieselbe Arbeit, welche die Proletarier im Juni 1848 mit den Waffen in der Hand forderten, haben sie ihrer Familie auferlegt; sie haben ihre Frauen, ihre Kinder den Fabrikbaronen ausgeliefert. Mit eigener Hand haben sie ihre häuslichen Herde zerstört, mit eigener Hand die Brüste ihrer Frauen trocken gelegt. Schwangere und stillende Frauen ließen sie in die

Fabriken, in die Bergwerke gehen, wo dieselben ihre Nerven zerrütteten, ihr Rückgrat marterten; mit eigener Hand haben sie das Leben und die Kraft ihrer Kinder untergraben. - Schande über Euch, Proletarier! Wo sind jene Gevatterinnen hin mit keckem Mundwerk, frischem Humor und der Liebe zum göttlichen Wein, von denen unsere alten Märchen und Erzählungen berichten? Wo sind die Übermütigen hin, die stets herumtrippelnd, stets anbändelnd, stets singend, Leben säend, wenn sie sich dem Genusse hingaben, ohne Schmerzen gesunde und kräftige Junge zur Welt brachten? Heute haben wir Frauen und Mädchen aus der Fabrik, verkümmerte Blumen mit blassem Teint, mit Blut ohne Röte, mit krankem Magen und erschöpften Gliedmaßen! Ein gesundes Vergnügen haben sie nie kennengelernt und sie werden nicht lustig zu erzählen wissen, wie man sie eroberte. Und die Kinder? 12 Stunden Arbeit für die Kinder. O Elend! Alle Jules Simon von der Akademie der moralischen Wissenschaften, alle jesuitischen Germinys[12] hätten kein den Geist der Kinder mehr verdummendes, ihr Gemüt mehr verderbendes, ihren Organismus mehr zerrüttendes Laster ersinnen können als die Arbeit in der verpesteten Atmosphäre der kapitalistischen Werkstätten.

Unser Jahrhundert wird das Jahrhundert der Arbeit genannt; tatsächlich ist es das Jahrhundert der Schmerzen, des Elends und der Verderbnis.

Und doch haben die bürgerlichen Ökonomen und Philosophen, von dem peinlich konfusen Auguste Comte bis zum lächerlich klaren Leroy-Beaulieu, die bürgerlichen Schriftsteller, von dem scharlatanhaft romantischen Victor Hugo bis zum naiv albernen Paul de Kock, samt und sonders ekelerregende Loblieder auf den Gott Fortschritt, den ältesten Sohn der Arbeit, angestimmt.[13] Hört man sie, so meint man, das Glück müsse auf Erden herrschen, so sehr fühlt man schon seine Nähe.

Sie durchwanderten die Jahrhunderte der früheren Zeiten, um den Staub und das Elend des Feudalismus zu durchwühlen und die Sonne der Gegenwart desto heller erstrahlen zu lassen. Wie sie uns gelangweilt haben, diese Gesättigten, diese Zufriedenen, jüngst noch Teil der Dienerschaft der großen Herren, heute fett besoldete Schriftlakaien der Bourgeoisie; haben sie uns nicht gelangweilt mit dem Landmann des Schönredners La Bruyere?[14] Nun, wir wollen ihnen das glänzende Bild der proletarischen Genüsse im kapitalistischen Fortschrittsjahre 1840 zeigen, wie es von einem der ihrigen geschildert wird, dem Dr. Villermé, Mitglied des Instituts, der 1848 zu jenem Kreis von Gelehrten gehörte (Thiers, Cousin, Passy, der Akademiker Blanqui waren darunter), die den Massen die Plattheiten der Ökonomie und der bürgerlichen Moral beizubringen suchten.

Es ist das gewerblich entwickelte Elsaß, von dem der Dr. Villermé spricht, das Elsaß der Kästner und Dollfus, dieser Blüten der Philanthropie und des industriellen Republikanismus. Aber bevor der Doktor das Bild des proletarischen Elends vor uns ausbreitet, wollen wir erst hören, wie ein elsässischer Manufakturist, Herr Th. Mieg vom Hause Dollfus, Mieg & Cie., die Lage des Handwerkers unter dem alten Gewerbesystem beschreibt:

»Vor 50 Jahren (1813, als die moderne Maschinenindustrie im Entstehen begriffen war), waren in Mülhausen alle Arbeiter Kinder des Landes, sie bewohnten die Stadt und die umliegenden Dörfer und hatten fast jeder ein Häuschen und oft ein Stückchen Land.«[15]

Das war das goldene Zeitalter des Arbeiters. Indes damals hatte die elsässische Industrie noch nicht die Welt mit ihren Kattunen überschwemmt und ihre Dollfus und Köchlin noch nicht zu Millionären gemacht. Aber 25 Jahre später, als Villermé das Elsaß besuchte, hatte der moderne Minotauros, die kapitalistische Fabrik, bereits das Land erobert; in seiner Gier nach menschlicher Arbeit hatte er die Arbeiter aus ihrem Heim gerissen, um sie besser zu schinden, ihnen besser die Arbeit, die sie enthielten, auspressen zu können. Zu Tausenden liefen die Arbeiter dem Pfeifen der Maschine nach.

»Eine große Zahl<, sagt Villermé, »fünftausend von siebzehntausend, waren infolge der teueren Mieten gezwungen, in den Nachbardörfern Wohnung zu nehmen. Einige wohnten 2 ¼ Wegstunden von der Fabrik entfernt, wo sie arbeiteten.«

»In Mülhausen, in Dornach, begann die Arbeit um fünf Uhr morgens und endete um acht Uhr abends, Sommer wie Winter... Man muß sie jeden Morgen in die Stadt kommen und jeden Abend abmarschieren sehen. Es gibt unter ihnen eine Menge bleicher, magerer Frauen, die barfüßig durch den Schmutz laufen und, wenn es regnet oder schneit, mangels eines Regenschirms ihre Schürzen oder Unterröcke über den Kopf ziehen, um Hals und Gesicht zu schützen; und eine noch erheblichere Zahl nicht minder schmutziger und abgezehrter junger Kinder, in Lumpen gehüllt, die ganz fettig sind von dem Öl, das aus den Maschinen auf sie herabtropft, wenn sie arbeiten. Diese Kinder, welche die Undurchdringlichkeit ihrer Bekleidung besser vor dem Regen schützt, haben nicht einmal wie die Frauen einen Korb mit Lebensmitteln für den Tag im Arm, sondern sie tragen in der Hand oder verstecken unter ihrem Kittel oder wo sie sonst können, das Stück Brot, das sie ernähren muß, bis sie wieder nach Hause zurückkehren.«

»So gesellt sich zu der Ermüdung durch einen übermäßig langen - denn er beträgt mindestens 15 Stunden - Arbeitstag für diese Unglücklichen noch die durch die langen, oft so beschwerlichen Wege. Infolgedessen kommen sie übermüdet nach Hause und gehen morgens, noch ehe sie ordentlich ausgeschlafen, fort, um pünktlich da zu sein, wenn die Fabrik geöffnet wird.«

Und über die Quartiere, in denen diejenigen sich einpferchen mußten, die in der Stadt wohnten:

»Ich habe in Mülhausen, in Dornach und in den umliegenden Häusern jene elenden Zimmer gesehen, in denen zwei Familien schliefen, jede in einem Winkel auf Stroh, welches auf dem Fußboden ausgebreitet lag und nur durch zwei Bretter zusammengehalten wurde... Das Elend, in welchem die Arbeiter der Baumwollindustrie im Department Oberrhein leben, ist so groß, daß während in den Familien der Fabrikanten, Kaufleute, Werkdirektoren ungefähr 50 Prozent der Kinder das 21. Jahr erreichen, derselbe Prozentsatz in den Familien der Weberei- und Spinnereiarbeiter bereits vor vollendetem zweiten Jahre stirbt...«

Über die Arbeit in den Werkstätten fügt Villermé hinzu:

»Es ist keine Arbeit, keine Aufgabe, es ist eine Tortur, und man halst dieselbe Kindern von 6 bis 8 Jahren auf... Diese lange tägliche Qual ist es hauptsächlich, welche die Arbeiter in den Baumwollspinnereien entkräftet.«

Und mit Bezug auf die Arbeitsdauer bemerkt Villermé, daß die Sträflinge in den Bagnos nur 10 Stunden, die Sklaven auf den Antillen nur 9 Stunden durchschnittlich arbeiteten, während in Frankreich, das die Revolution von 1789 gemacht, das die pomphaften Menschenrechte proklamiert hat, es Manufakturen gibt, wo der Arbeitstag 16 Stunden dauert, von denen den Arbeitern 1 ½ Stunden Eßpausen bewilligt werden.[16]

O über diese jämmerliche Fehlgeburt der revolutionären Prinzipien der Bourgeoisie, über die kläglichen Geschenke ihres Götzen Fortschritt! Die Philanthropen nennen diejenigen, die, um sich auf leichte Art zu bereichern, den Armen Arbeit geben, Wohltäter der Menschheit - es wäre besser, man säte die Pest, man vergiftete die Brunnen, als inmitten einer ländlichen Bevölkerung eine Fabrik zu errichten. Führe die Fabrikarbeit ein, und adieu Freude, Gesundheit, Freiheit - adieu alles, was das Leben schön, was es wert macht, gelebt zu werden.[17]

Die Nationalökonomen werden nicht müde, den Arbeitern zuzurufen: Arbeitet, damit der Nationalreichtum wachse! Und doch war es einer der ihrigen, Destutt de Tracy,[18] der da sagte: »Die armen Nationen sind es, wo das Volk sich wohlbefindet; bei den reichen Nationen ist es gewöhnlich arm.«

Und sein Schüler Cherbulliez setzt hinzu: »Indem die Arbeiter zur Anhäufung produktiver Kapitalien mitwirken, fördern sie selbst den Faktor, der sie früher oder später eines Teils ihres Lohnes berauben wird.«

Aber von ihrem eigenen Gekrächz betäubt und idiotisiert, erwidern die Ökonomen: Arbeitet, arbeitet, um eurer Wohlfahrt willen! Und im Namen der christlichen Milde predigt ein Pfaffe der anglikanischen Kirche, der Reverend Townsend:[19] Arbeitet, arbeitet Tag und Nacht; indem ihr arbeitet, vermehrt ihr eure Leiden, und euer Elend enthebt uns der Aufgabe, euch gesetzlich zur Arbeit zu zwingen. Der gesetzliche Arbeitszwang macht »zu viel Mühe, fordert zu viel Gewalt und erregt zu viel Aufregung; der Hunger ist dagegen nicht nur ein friedlicher, geräuschloser, unermüdlicher Antreiber, er bewirkt auch, als die natürlichste Veranlassung zu Arbeit und Fleiß, die gewaltigste Anstrengung.»

Arbeitet, arbeitet, Proletarier, vermehrt den Nationalreichtum und damit euer persönliches Elend. Arbeitet, arbeitet, um, immer ärmer geworden, noch mehr Ursache zu haben, zu arbeiten und elend zu sein. Das ist das unerbittliche Gesetz der kapitalistischen Produktion.

Dadurch, daß die Arbeiter den trügerischen Redensarten der Ökonomen Glauben schenken und Leib und Seele dem Laster

Arbeit ausliefern, stürzen sie die ganze Gesellschaft in jene industriellen Krisen der Überproduktion, die den gesellschaftlichen Organismus in krankhafte Zuckungen versetzen. Dann werden wegen Überfluß an Waren und Mangel an Abnehmern die Werke geschlossen, und mit tausendsträhniger Geißel peitscht der Hunger die arbeitende Bevölkerung. Betört von dem Dogma der Arbeit sehen die Proletarier nicht ein, daß die Mehrarbeit, der sie sich in der angeblich guten Geschäftszeit unterzogen haben, die Ursache ihres jetzigen Elends ist, und anstatt vor die Getreidespeicher zu marschieren und zu schreien: »Wir haben Hunger, wir wollen essen!... Allerdings haben wir keinen roten Heller, aber ob wir auch Habenichtse sind, wir sind es gewesen, die das Korn eingebracht und die Traube gelesen haben« - anstatt die Lagerhäuser des Herrn Bonnet de Jujurieux, Erfinder der industriellen Klöster, zu belagern und zu rufen: »Hier, Herr Bonnet, sind eure Zwirnerinnen,[20] Hasplerinnen,[21] Spinnerinnen und Weberinnen, sie zittern vor Kälte in ihren geflickten Kattunlappen, daß ein Jude darüber Tränen vergießen könnte, und doch sind sie es, welche die seidenen Roben der Mätressen der gesamten Christenheit gesponnen und gewebt haben. Die Ärmsten konnten bei dreizehnstündiger Arbeit nicht an ihr Äußeres denken, jetzt feiern sie und können in der Seide, die sie verfertigt, selbst einherrauschen. Seit sie ihre Milchzähne verloren, haben sie für euch Reichtümer geschaffen und selbst dabei gedarbt; jetzt haben sie Pause und wollen daher auch ein wenig von den Früchten ihrer Arbeit genießen. Hierher, Herr Bonnet, Ihre Seidenwaren her, Herr Harmel wird seine Musseline auspacken, Herr Pouyer-Quertier seine Kalikos, Herr Pinet sein Stiefeletten für ihre teuren, kalten und feuchten Füßchen. - Von Kopf bis zu den Füßen eingekleidet und ausgelassen vor Freude, werden sie euch einen Anblick gewähren, wie ihr ihn nicht besser wünschen könnt. Nur keine Ausflucht, - Ihr seid ja doch Menschenfreunde, nicht wahr, und Christen, wie sie im Buche stehen? Stellt euren Arbeiterinnen die Vermögen zur Verfügung, die sie für euch an ihrem eigenen Leib abgedarbt haben. Ihr seid Freunde des Handels? - Fördert den Warenumsatz; hier habt ihr Konsumenten wie gerufen; eröffnet ihnen unbegrenzten Kredit. Ihr müßt dies ja auch gegenüber Geschäftsleuten tun, die ihr zeitlebens nicht gesehen, die euch absolut nichts geschenkt haben, nicht mal ein Glas Wasser. Eure Arbeiterinnen werden bezahlen, wie sie es können: Wenn sie am Fälligkeitstag gambettisieren[22] und ihre Unterschrift platzen lassen, werdet ihr sie für bankrott halten, und wenn sie nichts zum Beschlagnahmen haben, werdet ihr verlangen, daß sie euch mit Gebeten bezahlen: Sie werden euch ins Paradies schicken, besser noch als eure Schwarzkittel, die in Saus und Braus leben.«

Statt in den Zeiten der Krisis eine Verteilung der Produkte und allgemeine Belustigung zu verlangen, rennen sich die Arbeiter vor den Türen der Fabriken die Köpfe ein. Mit eingefallenen Wangen, abgemagertem Körper überlaufen sie die Fabrikanten mit kläglichen Ansprachen: »Lieber Herr Chagot, bester Herr Schneider, geben Sie uns doch Arbeit, es ist nicht der Hunger, der uns plagt, sondern die Liebe zur Arbeit!» - Und, kaum imstande sich aufrechtzuhalten, verkaufen die Elenden 12 bis 14 Stunden Arbeit um die Hälfte billiger als zur Zeit, wo sie noch Brot im Korbe hatten. Und die Herren industriellen Philanthropen benutzen die Arbeitslosigkeit, um noch billiger zu produzieren.

Wenn die industriellen Krisen auf die Perioden der Überarbeit mit derselben Notwendigkeit folgen wie die Nacht dem Tage und erzwungene Arbeitslosigkeit bei grenzenlosem Elend nach sich ziehen, so bringen sie auch den unerbittlichen Bankrott mit sich. Solange der Fabrikant Kredit hat, läßt er der Arbeitswut die Zügel schießen, er pumpt und pumpt, um den Arbeitern den Rohstoff zu liefern. Er läßt drauflosproduzieren, ohne zu bedenken, daß der Markt überfüllt wird und daß, wenn er seine Waren nicht verkauft, er auch seine Wechsel nicht einlösen kann. Sitzt er endlich in der Patsche, fleht er den Juden an, wirft sich ihm zu Füßen, bietet ihm sein Blut, seine Ehre. »Ein klein wenig Gold würde ihm gut tun«, antwortet der Rothschild, »Sie haben 20000 Paar Strümpfe auf Lager, die 20 Sous wert sind; ich werde sie für 4 Sous nehmen.« Ist der Handel gemacht, so verkauft der Jude zu 6 und 8 Sous und steckt lebendige 100 Sousstücke, für die er keinem etwas schuldet, in die Tasche; der Fabrikant aber hat seinen Aufschub nur erlangt, um desto gründlicher zu verkrachen. Endlich tritt der allgemeine Zusammensturz ein und die Magazine laufen über; da werden dann so viel Waren aus dem Fenster herausgeworfen, daß man gar nicht begreifen kann, wie sie zur Tür hereingekommen sind. Nach Hunderten von Millionen beziffert sich der Wert der zerstörten Waren; im vorigen Jahrhundert verbrannte man sie oder warf sie ins Wasser.[23]

Bevor sie sich aber zu dieser Maßregel entschließen, durchlaufen die Fabrikanten die Welt auf der Suche nach Absatzmärkten für die Waren, die sie angehäuft; sie fordern die Annexion des Kongos, sie verlangen die Eroberung Tongkings, sie zwingen ihre Regierung, die Mauern Chinas mit Kanonen zu demolieren, nur damit sie ihre Baumwollartikel absetzen können. In den letzten Jahrhunderten kämpften England und Frankreich ein Duell auf Leben und Tod, wer von den beiden das ausschließliche Privileg haben werde, in Amerika und Indien zu verkaufen. Tausende junger kräftiger Männer haben in den Kolonialkriegen des 16., 17. und 18. Jahrhunderts mit ihrem Blut das Meer gefärbt.

Wie an Waren, so herrscht auch Überfluß an Kapitalien. Die Finanziers wissen nicht mehr, wo dieselben unterbringen; so machen sie sich denn auf, bei jenen glücklichen Völkern, die sich noch Zigaretten rauchend in der Sonne räkeln, Eisenbahnen zu bauen, Fabriken zu errichten und den Fluch der Arbeit zu importieren. Und dieser Kapitalexport endet eines schönen Tages mit diplomatischen Verwicklungen: in Ägypten wären sich Frankreich, England und Deutschland beinahe in die Haare geraten, um sich zu vergewissern, wessen Wucherer zuerst bezahlt werden, und mit Kriegen à la Mexiko, wo man die französischen Soldaten hinschickte, die Rolle von Gerichtsvollziehern zur Eintreibung fauler Schulden zu spielen.[24]

Diese persönliche und gesellschaftliche Misere, so groß und ewig sie auch erscheinen mag, wird verschwinden wie die Hyänen und die Schakale beim Herannahen des Löwen, sobald das Proletariat sagen wird: »Ich will es«. Aber damit ihm seine Kraft bewußt wird, muß das Proletariat die Vorurteile der christlichen, ökonomischen und liberalistischen Moral überwinden; es muß zu seinen natürlichen Instinkten zurückkehren, muß die Faulheitsrechte ausrufen, die tausendfach edler und heiliger sind als die schwindsüchtigen Menschenrechte, die von den metaphysischen Advokaten der bürgerlichen Revolution wiedergekäut werden; es muß sich zwingen, nicht mehr als drei Stunden täglich zu arbeiten, um den Rest des Tages und der Nacht müßig zu gehen und flott zu leben.

Bis hierher war meine Aufgabe leicht; ich hatte nur wirkliche, uns allen leider nur zu gut bekannte Übel zu schildern. Aber das Proletariat zu überzeugen, daß die Parole, die man ihm eingeimpft hat, pervers ist, daß die zügellose Arbeit, der es sich seit Beginn des Jahrhunderts ergeben hat, die schrecklichste Geißel ist, welche je die Menschheit getroffen, daß die Arbeit erst dann eine Würze der Vergnügungen der Faulheit, eine dem menschlichen Organismus nützliche Übung, eine dem gesellschaftlichen Organismus nützliche Leidenschaft sein wird, wenn sie weise reglementiert und auf ein Maximum von drei Stunden täglich beschränkt wird - das ist eine schwierige Aufgabe, die meine Kräfte übersteigt. Nur Physiologen, Hygieniker und kommunistische Ökonomen können sie unternehmen. In den nachfolgenden Zeilen werde ich mich auf den Nachweis beschränken, daß angesichts der modernen Produktionsmittel und ihrer unbegrenzten Vervielfältigungsmöglichkeit die übertriebene Leidenschaft der Arbeiter für die Arbeit matt gesetzt und es ihnen zur Pflicht gemacht werden muß, die Waren, die sie produzieren, auch zu verbrauchen.

## III

## Was aus der Überproduktion folgt

Ein griechischer Dichter aus der Zeit Ciceros, Antipatros,[25] besang die Erfindung der Wassermühle (zum Mahlen des Getreides) als Befreierin der Sklavinnen und Errichterin des goldenen Zeitalters:

»Schonet der mahlenden Hand, o Müllerinnen, und schlafet sanft! Es verkündet der Hahn euch den Morgen umsonst! Däo hat die Arbeit der Mädchen den Nymphen befohlen, und itzt hüpfen sie leicht über die Räder dahin, daß die erschütterten Achsen mit ihren Speichen sich wälzen, und im Kreise die Last drehen des wälzenden Steins. Laßt uns leben das Leben der Väter, und laßt uns der Gaben arbeitslos uns freun, welche die Göttin uns schenkt.«

Ach die Zeit der Muße, die der heidnische Dichter verkündete, ist nicht gekommen; die blinde, wahnsinnige und menschenmörderische Arbeitssucht hat die Maschine aus einem Befreiungsinstrument in ein Instrument zur Knechtung freier Menschen umgewandelt: die Produktionskraft der Maschine verarmt die Menschen.

Eine gute Arbeiterin verfertigt auf dem Handklöppel gerade fünf Maschen in der Minute; gewisse Klöppelmaschinen fertigen in derselben Zeit dreißigtausend. Jede Minute der Maschine ist somit gleich hundert Arbeitsstunden der Arbeiterin, oder vielmehr, jede Minute Maschinenarbeit ermöglicht der Arbeiterin zehn Tage Ruhe. Was für die Spitzenindustrie gilt, trifft mehr oder minder für alle durch die moderne Mechanik umgestalteten Industrien zu. Was sehen wir aber? Je mehr sich die Maschine vervollkommnet und mit beständig verbesserter Schnelligkeit und Präzision die menschliche Arbeit verdrängt, verdoppelt der Arbeiter, anstatt seine Ruhe entsprechend zu vermehren, noch seine Anstrengungen, als wollte er mit den Maschinen wetteifern. O törichte und mörderische Konkurrenz!

Um der Konkurrenz zwischen Mensch und Maschine freien Lauf zu verschaffen, haben die Proletarier die weisen Gesetze, welche die Arbeit der Handwerker der alten Zünfte beschränkten, abgeschafft, die Feiertage unterdrückt.[26] Meint man aber, daß die Arbeiter, weil sie damals von sieben Tagen der Woche nur fünf arbeiteten, nur von Luft und Wasser gelebt hätten, wie die verlogenen Ökonomen uns vorerzählen? Geht doch! Sie hatten Mußezeit, um die irdischen Freuden zu kosten, um zu lieben und zu scherzen, um vergnügt zu Ehren des lustigen Gottes des Müßiggangs Tafel zu halten. Das grämliche, im Protestantismus verheuchelte England hieß damals das «fröhliche England« (Merry England). Rabelais, Quevedo, Cervantes, die unbekannten Verfasser der pikarischen Romane machen uns das Wasser im Munde zusammenlaufen mit ihren Schilderungen jener monumentalen Schlemmereien,[27] mit denen man sich damals zwischen zwei Schlachten und zwei Verheerungen regalierte und in denen »nichts gespart ward«. Jordaens und die niederländische Schule haben sie uns auf ihren lebenslustigen Gemälden dargestellt. Erhabene Riesenmägen, was ist aus euch geworden? Erhabene Geister, die ihr das ganze menschliche Denken umfaßtet, wo seid ihr hin? Wir sind durch und durch verzwergt und entartet. Die vielen Entbehrungen, die Kartoffel, gefärbter Wein und der preußische Schnaps haben in weiser Verbindung mit Zwangsarbeit unsere Körper erschlafft und unseren Geist verkleinert. Und zur selben Zeit, wo der Mensch seinen Magen zusammenschnürt und die Produktivität der Maschine von Tag zu Tag wächst, wollen uns die Ökonomen die Malthussche Theorie,[28] die Religion der Enthaltsamkeit und das Dogma der Arbeit predigen? Man sollte ihnen lieber die Zunge ausreißen und den Hunden vorwerfen.

Da jedoch die Arbeiterklasse in ihrer Einfalt und Treuherzigkeit sich den Kopf hat verdrehen lassen und sich mit ihrem naiven Ungestüm blindlings in Arbeit und Enthaltsamkeit gestürzt hat, so sieht sich die Kapitalistenklasse zu erzwungener Faulheit und Üppigkeit, zur Unproduktivität und Überkonsum verurteilt. Und wenn die Überarbeit des Proletariers seinen Körper abrackert und seine Nerven zerrüttet, so ist sie für den Bourgeois nicht minder fruchtbar an Leiden.

Die Enthaltsamkeit, zu welcher sich die produktive Klasse hat verurteilen lassen, macht es der Bourgeoisie zur Pflicht, sich der Überkonsumtion der von dieser in Überzahl verfertigten Produkte zu weihen. Zu Anfang der kapitalistischen Produktion, vor etwa ein oder zwei Jahrhunderten, war der Bourgeois noch ein ordentlicher Mann von vernünftigen und friedlichen Sitten: er begnügte sich mit seiner Frau, wenigstens beinahe, er trank nur, wenn er Durst, und aß nur, wenn er Hunger hatte. Er überließ den Höflingen und Hofdamen die noblen Tugenden der Ausschweifung. Heute gibt es keinen Sohn eines Parvenu, der nicht glaubt, er müsse die Prostitution fördern und seinen Körper verquecksilbern, um der Schufterei, der sich die Arbeiter in den Quecksilberminen aussetzen, einen Sinn zu geben.[29] Es gibt keinen Bourgeois, der sich nicht mit Trüffelkapaunen und mit verschifftem Laffite vollstopft, um die Geflügelzüchter von La Flèche und die Winzer des Bordelais zu fördern. Bei diesem Geschäft geht der Körper schnell zugrunde, die Haare werden dünner, die Zähne fallen aus, der Rumpf deformiert, der Bauch schwillt an, die Brust wird asthmatisch, die Bewegungen werden schwerfälliger, die Gelenke steif, die Glieder gichtig. Andere, die zu schwach sind, um die Anstrengung der Ausschweifung zu ertragen, aber mit der gehörigen Dosis philisterhafter Klugmeierei ausgestattet, dörren ihr Gehirn aus, wie die Garnier von der politischen Ökonomie oder die Acollas von der juristischen Philosophie, und hecken dickbändige, schlafsuchterregende Bücher, um die Mußestunden von Schriftsetzern und Buchdruckern auszufüllen.

Die Frauen von Welt führen ein Märtyrerleben. Um die feenhaften Garderoben, bei deren Herstellung die Schneiderinnen sich die Schwindsucht an den Hals arbeiten, zu prüfen und zur Geltung zu bringen, schlüpfen sie den ganzen Tag von einer Robe in die andere; stundenlang liefern sie ihren hohlen Kopf Haarkünstlern aus, die um jeden Preis ihre Leidenschaft für die komplizierte Anordnung falscher Haare befriedigen wollen. Eingeschnürt in ihre Korsetts, die Füße in enge Stiefeletten gezwängt, den Busen in einer Weise entblößt, daß ein Gardeleutnant darüber rot werden könnte, drehen sie sich ganze Nächte hindurch auf ihren Wohltätigkeitsbällen, um einige Sous für die Armen zusammenzubringen. O ihr heiligen Dulderinnen!

Um ihrem doppelten gesellschaftlichen Beruf als Nichtproduzent und Überkonsument nachzukommen, hat die Bourgeoisie nicht nur ihren bescheidenen Bedürfnissen Zwang antun, die ihr seit zwei Jahrhunderten zur Gewohnheit gewordene Arbeitsamkeit sich abgewöhnen und sich einem zügellosen Luxus, der Anstopfung mit Trüffeln, sowie syphilitischen Ausschweifungen ergeben gemußt, sie mußte auch eine enorme Masse Menschen der produktiven Arbeit entziehen, um sich Mitesser zu verschaffen.

Einige Zahlen mögen beweisen, wie kolossal diese Brachlegung von produktiven Kräften ist. Nach dem Zensus von 1861 zählte die Gesamtbevölkerung von England und Wales 20 066 244 Personen, wovon 9 776 259 männlich und 10 289 965 weiblich. Zieht man hiervon ab, was zu alt oder zu jung zur

Arbeit, die Frauen, jungen Personen und unproduktive Kinder, dann die ideologischen Berufe, wie Regierung, Polizei, Klerus, Stadtverwaltung, Arme, Prostitution, Künste, Wissenschaften etc., ferner alle, deren ausschließliches Geschäft der Verzehr fremder Arbeit in der Form von Grundrente, Zinsen, Dividenden etc., so bleiben in runder Zahl acht Millionen beiderlei Geschlechts und der verschiedenen Alterstufen, mit Einschluß sämtlicher in der Produktion, dem Handel, der Finanz etc. funktionierenden Kapitalisten. Von diesen acht Millionen kommen auf:

| | |
|---|---|
| Ackerbauarbeiter (mit Einschluß der Hirten und bei Pächtern wohnenden Ackersknechte und Mägde) | 1 098 261 |
| Arbeiter in Baumwoll-, Woll-, Flachs-, Hanf-, Seidefabriken und in Strickereien | 642 607 |
| Arbeiter in Kohlen- und Metallbergwerken | 565 835 |
| Arbeiter in Metallwerken (Hochöfen, Walzwerke etc.) | 396 998 |
| Dienende Klasse | 1 208 648 |

»Rechnen wir die in allen Textilfabriken Beschäftigten zusammen mit dem Personal der Kohlen- und Metallbergwerke, so erhalten wir 1 208 442; rechnen wir sie zusammen mit dem Personal aller Metallwerke und Manufakturen, so ist die Gesamtzahl 1 039 605, beidemal kleiner als die Zahl der modernen Haussklaven. Welch erhebendes Resultat der kapitalistisch exploitierten Maschinerie!«[30]

Zu dieser ganzen dienenden Klasse, deren Zahl den Höhegrad der kapitalistischen Zivilisation charakterisiert, müssen wir die zahlreiche Klasse der Unglücklichen hinzurechnen, die sich ausschließlich der Befriedigung der kostspieligen und sinnlosen Bedürfnisse der reichen Klassen widmen: Diamantschleifer, Spitzenarbeiterinnen, Luxusstickerinnen, Galanteriearbeiter, Modeschneider, Ausstatter der Lusthäuser etc.[31]

Einmal in der absoluten Faulheit versunken und von dem erzwungenen Genuß demoralisiert, gewöhnte sich die Bourgeoisie trotz der Übel, welche ihr daraus erwachsen, bald an ihr neues Leben. Mit Schrecken sah sie jeder Änderung der Dinge entgegen. Angesichts der jammervollen Lebensweise, der sich die Arbeiterklasse resigniert unterwarf, und der organischen Verkümmerung, welche die unnatürliche Arbeitssucht zur Folge hat, steigerte sich noch ihr Widerwille gegen jede Auferlegung von Arbeitsleistungen und gegen jede Einschränkung ihrer Genüsse.

Und just zu dieser Zeit setzten es sich die Proletarier, ohne der Demoralisation, welche sich die Bourgeoisie als eine gesellschaftliche Pflicht auferlegt hatte, im geringsten zu achten, in den Kopf, die Kapitalisten zwangsweise zur Arbeit anzuhalten. In ihrer Einfalt nahmen sie die Theorien der Ökonomen und Moralisten über die Arbeit für bare Münze und schickten sich an, die Praxis derselben den Kapitalisten zur Pflicht zu machen. Das Proletariat proklamierte die Parole: *»Wer nicht arbeitet, soll auch nicht essen.«*[32] Im Jahre 1831 erhob sich Lyon für *»Blei oder Arbeit«*; die Juni-Insurgenten von 1848 forderten das *Recht auf Arbeit*; und die *Föderierten* vom März 1871 bezeichneten ihren Aufstand als die *Revolution der Arbeit.*

Auf diese barbarischen Angriffe wider das bürgerliche Wohlleben und alle bürgerliche Faulheit konnten die Kapitalisten nur mit gewaltsamer Unterdrückung antworten; aber wenn sie auch diese revolutionären Ausbrüche zu unterdrücken vermochten, so wissen sie doch, daß selbst in dem Meere des vergossenen Blutes die absurde Idee des Proletariats, den Müßiggängern und Satten Arbeit aufzuerlegen, nicht ertränkt worden ist; und nur um dieses Unheil abzuwenden, umgeben sie sich mit Soldaten, mit Polizisten, Behörden und Kerkermeistern, die in einer mühseligen Unproduktivität erhalten werden. Heute kann niemand mehr über den Charakter der modernen Heere im unklaren sein; sie sind nur deshalb stehende, um den »inneren Feind« niederzuhalten. So sind die Festungen von Paris und Lyon nicht gebaut worden, um die Stadt nach außen zu verteidigen, sondern um Revolten zu unterdrücken. Ein Beispiel, gegen das es keinen Widerspruch gibt, ist Belgien, dieses Schlaraffenland des Kapitalismus. Seine Neutralität ist von den europäischen Mächten verbürgt, und trotzdem ist seine Armee, im Verhältnis zur Bevölkerungszahl, eine der stärksten. Ihre glorreichen Schlachtfelder aber sind die Ebenen des Borinage und von Charleroi; in dem Blute von unbewaffneten Bergleuten und Arbeitern pflegt der belgische Offizier seinen Degen zu taufen und seine Epauletten zu fischen. Die europäischen Nationen haben keine Volks- sondern Söldnerarmeen zum Schutze der Kapitalisten gegen die Wut des Volkes, das dieselben zu zehnstündiger Gruben- und Fabrikarbeit verdammen will.

Die Arbeiterklasse hat, indem sie sich den Bauch zusammengeschnürt hat, über Gebühr den Bauch der Bourgeoisie entwickelt, die zu Überkonsum verdammt ist.

Um sich diese schmerzhafte Arbeit zu erleichtern, hat die Bourgeoisie eine Masse Leute von der Arbeiterklasse abgezogen und sie, die bedeutend überlegener sind als jene, die in der nützlichen Produktion verblieben, ihrerseits zu Unproduktivität und Überkonsum verdammt. Aber so groß dieses Heer von unnützen Mäulern, so unersättlich auch seine Gefräßigkeit ist, so genügt es noch immer nicht, um alle Waren zu konsumieren, welche die durch das Dogma von der Arbeit verdummten Arbeiter wie Besessene erzeugen, ohne sie konsumieren zu wollen, ohne sich darum zu kümmern, ob sich überhaupt Leute finden, die sie konsumieren.

Und so besteht, angesichts der doppelten Verrücktheit der Arbeiter, sich durch Überarbeit umzubringen und in Entbehrungen dahinzuvegetieren, das große Problem der kapitalistischen Produktion nicht darin, Produzenten zu finden und ihre Kräfte zu verzehnfachen, sondern Konsumenten zu entdecken, ihren Appetit zu reizen und bei ihnen künstliche Bedürfnisse zu wecken.

Und da die europäischen Arbeiter, vor Hunger und Kälte zitternd, sich weigern, die Stoffe, die sie weben, zu tragen, den Wein, den sie ernten, zu trinken, so sehen sich die armen Fabrikanten genötigt, wie toll zu den Antipoden zu laufen und dort Leute zu suchen, die sie tragen und trinken. Hunderte von Millionen und Milliarden sind es, welche Europa jährlich nach allen vier Enden der Welt zu Völkern exportiert, die nicht wissen, was sie damit anfangen sollen.[33] Die erforschten Erdteile sind ihnen nicht ausgedehnt genug, daher brauchen sie jungfräuliches Land. Die Fabrikanten Europas träumen Tag und Nacht von Afrika, vom Saharameer, von der Sudanbahn; mit gespannter Aufmerksamkeit folgen sie dem Vordringen der Livingstone, der Stanley, der Du Chaillu, der de Brazza; offenen Mundes lauschen sie den wunderverheißenden Erzählungen dieser mutigen Reisenden: Welch unbekannte Wunder verbirgt nicht dieser »dunkle Erdteil«! Ganze Felder sind mit Elephantenzähnen besät, ganze Flüsse von Palmöl fließen in einem Bett von Goldsand dahin, Millionen von schwarzen Hintern, nackt wie der Schädel von Dufaure oder Girardin, harren des europäischen Kattuns, um den Anstand zu erlernen, harren der Schnapsflaschen und Bibeln, um die Tugenden der Zivilisation kennenzulernen.

Aber alles das reicht nicht: die Bourgeois, die sich anmästen, die Dienstbotenklasse, die zahlreicher ist als die produktive Klasse, fremde und barbarische Völker, die man mit europäischen Waren vollstopft - nichts, nichts vermag die Berge von Produkten zu erschöpfen, welche sich höher und gewaltiger als die Pyramiden Ägyptens auftürmen: die Produktivität der europäischen Arbeiter trotzt allem Konsum, aller Verschleuderung. Die Fabrikanten wissen in ihrer Verwirrung nicht mehr, wo den Kopf lassen, sie können nicht Rohstoffe genug auftreiben, um die wahnsinnige, ausufernde Leidenschaft ihrer Arbeiter für die Arbeit zu befriedigen. Gewisse Wollenfabrikanten kaufen schmutzige, halbverfaulte Lumpen ein und verfertigen daraus ein Tuch, das *Renaissance* genannt wird und so lange hält wie Wahlversprechen. Anstatt der Seidenfaser ihre Einfachheit und natürliche Geschmeidigkeit zu lassen, überläd man sie in Lyon mit Mineralsalzen, die ihr Gewicht geben, sie aber brüchig und wenig brauchbar machen. Alle unsere Produkte sind verfälscht, um ihren Absatz zu erleichtern und ihre Existenzdauer zu verkürzen. Unser Epoche sollte das *Zeitalter der Fälschung* genannt werden, wie die ersten Epochen der Menschheit die Namen *Steinzeit, Bronzezeit,* je nach dem Charakter ihrer Produktion erhielten. Ignoranten zeihen unsere frommen Fabrikanten des Betruges, während sie in Wahrheit nur der Gedanke beseelt, den Arbeitern, die sich nicht dazu entschließen können, mit gekreuzten Armen sich ihres Lebens zu freuen, Arbeit zu geben. Diese Fälschungen, die einzig und allein humanitären Rücksichten entspringen, jedoch den Fabrikanten, die sie praktizieren, famose Profite eintragen, sind zwar für die Qualität der Waren von verderblichster Wirkung, sind zwar eine unerschöpfliche Quelle von Vergeudung menschlicher Arbeit, aber sie kennzeichnen doch die geniale Philanthropie unserer Bourgeois und die schreckliche Verkehrtheit der Arbeiter, die, um ihre lasterhafte Arbeitssucht zu befriedigen, die Herren Industriellen veranlassen, die Stimme ihres Gewissens zu ersticken und sogar die Gesetze der kaufmännischen Ehrbarkeit zu verletzen.

Und doch, trotz aller Überproduktion, trotz Warenfälschung überfluten die Arbeiter in immer wachsender Menge den Markt und rufen flehentlich: Arbeit! Arbeit! Ihre übergroße Zahl sollte sie veranlassen, ihre Leidenschaft zu zügeln - statt dessen treibt sie sie zur Raserei. Wo sich nur Aussicht auf Arbeit bietet, darauf stürzen sie sich. Sie arbeiten 12, 14 Stunden, um sich nur so recht abschinden zu können; und tags darauf liegen sie wieder auf dem Pflaster und wissen nicht, wie ihre Arbeitssucht befriedigen. Jahr für Jahr treten in allen Industrien mit der Regelmäßigkeit der Jahreszeiten Stockungen ein; auf die für den Organismus mörderische Überarbeit folgt für zwei bis vier Monate absolute Ruhe, und keine Arbeit, kein Bissen. Wenn denn nun das Arbeitslaster im Herzen der Arbeiter teuflisch eingewurzelt ist, wenn es denn alle anderen natürlichen Instinkte erstickt, und wenn andererseits die von der Gesellschaft erforderte Arbeitsmenge notwendigerweise durch den Konsum und die Menge des Rohmaterials begrenzt ist, warum in sechs Monaten die Arbeit des ganzen Jahres verschlingen? Warum sie nicht lieber gleichmäßig auf die zwölf Monate verteilen, und jeden Arbeiter zwingen, sich das Jahr über täglich mit sechs oder fünf Stunden zu begnügen, anstatt sich während sechs Monaten mit täglich 12 Stunden den Magen zu verderben? Wenn ihnen ihr täglicher Arbeitsanteil gesichert ist, werden die Arbeiter nicht mehr miteinander eifersüchteln, sich nicht mehr die Arbeit aus der Hand und das Brot vom Mund wegreißen; dann werden sie, nicht mehr an Leib und Seele erschöpft, anfangen, die Tugenden der Faulheit zu üben.

Was die Arbeiter, verdummt durch ihr Laster, nicht einsehen wollen: man muß, um Arbeit für alle zu haben, sie rationieren wie Wasser auf einem Schiff in Not. Das haben sogar Industrielle im Interesse der kapitalistischen Ausbeutung selbst verlangt:

eine gesetzliche Einschränkung der Arbeitszeit. Im Jahre 1860 erklärte einer der größten Fabrikanten des Elsaß, Herr Bourcart aus Gebweiler vor der gewerblichen Unterrichtskomission, daß »die Arbeit von 12 Stunden übermäßig ist und auf elf Stunden reduziert werden, daß sonnabends die Arbeit um 2 Uhr aufhören sollte. Ich empfehle diese Maßregel, obwohl sie auf den ersten Blick drückend erscheint; wir haben sie in unseren Etablissements seit vier Jahren versucht und stehen uns gut dabei; die Durchschnittsproduktion ist, anstatt zu fallen, gestiegen.«

In seiner Studie *Die Maschinen* zitiert Herr F. Passy folgenden Brief eines belgischen Großindustriellen, eines Herrn Ottevaere:

»Obwohl unsere Maschinen dieselben sind wie die der englischen Spinnereien, produzieren sie doch nicht so viel wie sie sollten, und wie dieselben Maschinen in England produzieren, trotzdem dort täglich zwei Stunden weniger gearbeitet wird... Wir arbeiten zwei volle Stunden zuviel; ich bin überzeugt, daß wenn wir statt 13 Stunden nur elf arbeiteten, wir ebenso viel und infolgedessen ökonomischer produzierten.«

Aus anderer Quelle bestätigt Herr Leroy-Beaulieu, daß »ein großer belgischer Manufakturist die Beobachtung gemacht hat, daß die Wochen, in welche ein Feiertag fällt, keine geringere Produktion aufweisen als die gewöhnlichen Wochen.«[34]

Was das durch die Moralisten versimpelte Volk nicht gewagt hat, hat eine aristokratische Regierung gewagt. Unbekümmert um die hochmoralischen und wirtschaftlichen Einwände der Ökonomen, die gleich Unglücksraben krächzten, daß die Fabrikarbeit um eine Stunde herabsetzen den Ruin der englischen Industrie dekretieren hieße, hat die englische Regierung die zehnstündige Arbeitszeit gesetzlich eingeführt; und nach wie vor ist England das erste Industrieland der Welt.

Die große Erfahrung Englands liegt vor, die Erfahrung einiger intelligenter Kapitalisten liegt vor: sie beweisen unwiderleglich, daß, um die menschliche Produktion zu steigern, man die Arbeitszeit herabsetzen und die Zahl der bezahlten Feiertage vermehren muß, und das französische Volk sieht es immer noch nicht ein. Aber wenn eine jämmerliche Verkürzung um zwei Stunden die englische Produktion um ein Drittel in zehn Jahren erhöht hat,[35] welchen schwindelnden Vormarsch würde eine gesetzliche Verringerung des Arbeitstages auf drei Stunden für die französische Produktion bedeuten? Können die Arbeiter denn nicht begreifen, daß dadurch, daß sie sich mit Arbeit überbürden, sie ihre und ihrer Nachkommenschaft Kräfte erschöpfen, daß sie, abgenutzt, vorzeitig arbeitsunfähig werden, daß sie, aufgesogen und abgestumpft von einem einzigen Laster, nicht mehr Menschen sind, sondern menschliche Wracks, daß sie alle schönen Anlagen in sich ertöten, nur um der rasenden Arbeitssucht willen?

Ach, wie arkadische Papageien plappern sie die Lektionen der Ökonomen nach: »Arbeiten wir, arbeiten wir, um den Nationalreichtum zu vermehren!« O ihr Idioten! Weil ihr zuviel arbeitet, entwickelt sich die industrielle Technik zu langsam. Laßt euer Geschrei und hört einen Ökonomen - es ist kein großes Licht, es ist nur Herr L. Reybaud, den wir glücklicherweise vor einigen Monaten verloren haben:

»Im allgemeinen richtet sich die Revolution in den Arbeitsmethoden nach den Bedingungen der Arbeitskräfte. Solange die Arbeitskräfte ihre Dienste billig anbieten, wendet man sie im Übermaße an; werden sie teurer, so sucht man sie zu sparen.«[36]

Um die Kapitalisten zu zwingen, ihre Maschinen von Holz und Eisen zu vervollkommnen, muß man die Löhne der Maschinen von Fleisch und Bein erhöhen und die Arbeitszeit derselben verringern. Beweise dafür? Man kann sie zu hunderten erbringen. In der Spinnerei wurde die automatische Spinnmaschine (selfacting mule) in Manchester erfunden und angewendet, weil die Spinner sich weigerten, solange zu arbeiten wie früher.

In Amerika bemächtigt sich die Maschine aller Zweige der Agrarproduktion, von der Butterfabrikation bis zum Getreidejäten. Warum? Weil die Amerikaner, frei und faul, lieber tausend Tode sterben möchten, als das Viehleben eines französischen Bauern zu führen. Die im glorreichen Frankreich so mühsame, mit so vielem Bücken verbundene Landarbeit ist im Westen Amerikas ein angenehmer Zeitvertreib in freier Luft, den man sitzend genießt und dabei gemächlich seine Pfeife raucht.

## IV

# Ein neues Lied, ein besseres Lied

Wenn die Herabsetzung der Arbeitszeit der gesellschaftlichen Produktion neue mechanische Kräfte zuführt, so wird die Verpflichtung der Arbeiter, ihre Produkte auch zu verzehren, eine enorme Vermehrung der Arbeitskräfte zur Folge haben. Die von ihrer Mission, Allerweltskonsument zu sein, erlöste Bourgeoisie wird nämlich schleunigst die Menge von Soldaten, Beamten, Dienern, Kupplern usw., die sie der nützlichen Arbeit entzogen hatte, damit sie ihr Konsumieren und Vergeuden helfen, freigeben - das heißt dem Arbeitsmarkt. Dieser wird, wenn alle gesellschaftlichen Kräfte ihm zugeführt werden, so überfüllt sein, daß man ein ehernes Gesetz haben muß, das die Arbeit verbietet; es wird unmöglich sein, für diesen Schwarm bisher unproduktiver Menschen Verwendung zu finden, denn sie sind zahlreicher als die Heuschrecken. Dann wird man an die denken, die für den kostspieligen und nichtsnutzigen Bedarf dieser Leute aufzukommen hatten. Wenn keine Lakaien und Generäle mehr galoniert, keine verheirateten und unverheirateten Prostituierten mehr in Spitzen eingehüllt, keine Paläste mehr eingerichtet und keine Kanonen mehr gegossen zu werden brauchen, dann wird man mittels drakonischer Gesetze die Posamentier-, Spitzen-, Eisen- usw. Arbeiter und Arbeiterinnen im Interesse der Hygiene und der Veredelung der Rasse zu Ruder- und Tanzübungen anhalten, damit sie ihre untergrabene Gesundheit wieder herstellen. Von dem Augenblick an, wo die europäischen Produkte am Ort konsumiert und nicht mehr zum Teufel geschickt werden, werden auch die Seeleute, die Lastträger und die Fuhrleute anfangen, den Daumen drehen zu lernen. Dann werden die glücklichen Südseeinsulaner sich der freien Liebe hingeben können, ohne die Fußtritte der zivilisierten Venus und die Predigten der europäischen Moral zu fürchten.

Noch mehr. Um für alle unproduktiven Kräfte der heutigen Gesellschaft Arbeit zu finden, und die immer weitere Vervollkommnung der Arbeitsmittel zu fördern, wird die Arbeiterklasse ihrem Hang zur Enthaltsamkeit, gleich der Bourgeoisie, Gewalt antun und ihre Konsumfähigkeiten unbegrenzt steigern müssen. Anstatt täglich ein oder zwei Unzen zähes Fleisch zu essen, wenn sie überhaupt welches ißt, wird sie saftige Beefsteaks von ein oder zwei Pfund essen; statt bescheiden einen schlechten Wein zu trinken, katholischer als der Papst, wird sie aus großen, bis an den Rand gefüllten Gläsern Bordeaux und Burgunder trinken, der keiner industriellen Taufe unterzogen ist, und das Wasser dem Vieh überlassen.

Die Proletarier haben sich in den Kopf gesetzt, den Kapitalisten zehn Stunden Schmiede oder Raffinerie aufzuerlegen - das ist der große Fehler, die Ursache der sozialen Gegensätze und der Bürgerkriege. Nicht auferlegen, verbieten muß man die Arbeit. Den Rothschilds, den Says wird erlaubt werden, den Beweis zu liefern, daß sie ihr ganzes Leben lang vollkommene Nichtstuer gewesen sind; und wenn sie versprechen, trotz des allgemeinen Zuges zur Arbeit, als vollkommene Nichtstuer fortzufahren, werden sie auf die Rechnung gesetzt und jeden Morgen ein 20-Francstück für ihre kleinen Vergnügungen erhalten. Die gesellschaftliche Zwietracht verschwindet. Einmal überzeugt, daß man ihnen durchaus nichts Übles antun, sondern sie nur von der Arbeit, Überkonsumenten und Verschleuderer sein zu müssen, befreien will, werden die Kapitalisten und Rentiers die ersten sein, die sich zur Partei des Volkes schlagen. Diejenigen Bourgeois, die unfähig sind, ihre Qualifikation als Nichtsnutze nachzuweisen, wird man ihren Instinkten nachgehen lassen: es existieren genügend abstoßende Berufe, um sie unterzubringen. Dufaure würde die öffentlichen Latrinen reinigen und Galliffet die räudigen Schweine und aufgeblähten Pferde abstechen, die Mitglieder des Gnadenausschusses werden, ins Gefängnis Poissy geschickt, das Vieh anmerken, das zum Schlachten reif ist, die Senatoren, die am Beerdigungspomp hängen, werden die Leichenträger spielen. Für andere wird man Berufe finden, die ihrer Intelligenz entsprechen. Lorgeril, Borglie würden Champagnerflaschen verkorken, doch wird man ihnen einen Maulkorb vorbinden, damit sie sich nicht vollsaufen. Ferry, Freycinet, Tirard würden Wanzen und Ungeziefer der Ministerien und anderer öffentlicher Häuser jagen. Allerdings müßten die letzteren außer Reichweite der Bourgeois gehalten werden, aus Angst vor ihren schlechten Gewohnheiten.

Aber bittere und lange Vergeltung wird man an den Moralisten nehmen, welche die menschliche Natur verdreht haben, an den Heuchlern, Scheinheiligen, Augenverdrehern »und dem anderen derartigen Gesindel, daß sich verstellt, um die Leute zu betrügen. Denn während sie dem einfachen Volk weismachen, sie wären mit geistlicher Betrachtung und Andacht, mit Fasten und Abkasteien beschäftigt und hielten ihr bißchen Sterblichkeit nur eben so am Leben, lassen sie es sich Gott weiß wie wohl sein, *et Curios simulant, sed bacchanalia vivunt.*[37] Das könnt ihr in großer, leuchtender Schrift von ihren roten Backen, vorausgesetzt, sie pudern sie nicht mit Schwefel, und ihren Beulenbäuchen ablesen.»[38]

An den großen Volksfesten, bei denen, anstatt Staub zu schlucken, wie beim bürgerlichen 15. August oder 14. Juli, die Kommunisten und Kollektivisten die Fläschchen kreisen, die Schinken herumreichen und die Becher hochleben lassen, werden die Mitglieder der Akademie der moralischen und politischen Wissenschaften, die in Frack und Talar einherwandelnden Pfaffen der ökonomischen, katholischen, protestantischen, jüdischen, positivistischen und freidenkerischen Kirche, die Propagantisten des Malthusianismus, der christlichen, altruistischen, unabhängigen oder unterwürfigen Moral, in gelbem Kostüm die Kerzen halten, bis sie sich die Finger verbrennen; bei mit Fleisch, Früchten und Blumen beladenen Tafeln und munteren Frauen werden sie hungern, bei gefüllten Fässern dürsten. Viermal im Jahre, immer beim Wechsel der Jahreszeiten, wird man sie, wie Hunde von Scherenschleifern, in Tretmühlen zehn Stunden lang Wind mahlen lassen. Die gleiche Strafe wird über die Advokaten und Rechtsgelehrten verhängt.

Um die Zeit totzuschlagen, die uns Sekunde für Sekunde tötet, wird man im Reich der Faulheit ständig Schauspiele und Theateraufführungen veranstalten - gefundene Arbeit für unsere bürgerlichen Gesetzgeber. Man wird sie in Truppen organisieren, die auf die Dörfer und Flecken ziehen und Gesetzgebungsvorstellungen aufführen. Generäle in Reitstiefeln die Brust mit Tressen verschnürt und mit Orden und dem Kreuz der Ehrenlegion bedeckt, werden durch die Straßen laufen und die lieben Leute zum Schauen einladen. Gambetta und Cassagnac, sein Kumpan, werden vor der Bude ihre Späßchen aufführen. Cassagnac wird, als Eisenfresser kostümiert, die Augen rollen, den Schnurrbart drehen, Feuer spucken und jedermann mit der Pistole seines Vaters bedrohen, aber, sobald man ihm das Bild von Lullier zeigt, sich in ein Loch stürzen.[39] Gambetta wird über Außenpolitik palavern, über das kleine Griechenland, das ihm was vormacht und Europa in Brand steckt, um die Türkei übers Ohr zu hauen, über das große Rußland, das ihn mit dem Salat, den es mit Preußen anzusetzen verspricht, um den Verstand bringt, und das Westeuropa sämtliche Plagen an den Hals wünscht, um im Osten sein Spiel zu treiben und den Nihilismus im Innern zu erdrosseln; über Herrn von Bismarck, der ihm in seiner großen Güte erlaubte, sich zur Amnestiefrage zu äußern... Dann wird er seinen spekkigen, mit der Trikolore bemalten Wanst entblößen, wird die Trommel rühren und die köstlichen kleinen Tierchen, die Fettammern, die Trüffeln, die Gläser voll Margaux und Yquem aufzählen, die er hinunter gestopft hat, um die Landwirtschaft zu ermuntern und die Wähler von Belleville bei Laune zu halten.

In der Bude aber wird man zuerst die *Wahlposse* aufführen. Vor Wählern mit Holzschädeln und Eselsohren werden Bourgeois-Kandidaten im Bajazzo-Kostüm den politischen Freiheitstanz aufführen, indem sie sich Vorder- und Rückseite mit ihren Wahlprogrammen voller Versprechungen behängen, mit Tränen in den Augen von den Leiden des Volkes und mit erzener Stimme vom Ruhm Frankreichs reden. Worauf die Köpfe der Wähler im Chor ein kräftiges Iah! Iah! brüllen.

Dann beginnt das große Schauspiel: *Der Diebstahl der Güter der Nation:*

Das kapitalistische Frankreich, ein ungeheuerliches Weib mit rauhem Gesicht und kahlem Schädel, fahler Haut und fettem, aufgedunsenem Körper, liegt gähnend mit glanzlosen Augen auf einem Sofa hingestreckt. Zu ihren Füßen verschlingt der industrielle Kapitalismus, ein Riesenorganismus von Eisen mit einer Affenmaske, mechanisch Männer, Frauen und Kinder, deren herzzerreißende Klagerufe die Luft durchdringen. Die Bank, mit Marderschnauze, Hyänenkörper und Habichtskrallen, stiehlt ihm geschickt Hundert-Sous-Stücke aus der Tasche. Ganze Armeen elender, abgemagerter und in Lumpen gehüllter Proletarier, von Gendarmen mit blanker Klinge eskortiert, von Furien, welche sie mit der Hungerpeitsche geißeln, getrieben, bringen Haufen von Waren aller Art, Fässer Wein und ganze Säcke von Gold und Korn und legen sie dem kapitalistischen Frankreich zu Füßen. Langlois, seine Hose in der einen Hand, in der anderen das Testament Proudhons, das Budgetbuch zwischen den Zähnen, stellt sich an die Spitze der Verteidiger der Güter der Nation und zieht auf Posten.[40] Sobald die Lasten niedergelegt sind, verjagen sie die Arbeiter mit Bajonett und Kolbenstößen, und öffnen den Händlern, den Industriellen und Bankiers die Pforten. Im wüsten Durcheinander stürzen sich die auf die Wertobjekte, heimsen die Fabrikwaren, die Goldbarren, die Säcke Getreide ein und leeren die Fässer. Endlich können sie nicht mehr und sinken in ihren Schmutz und in ihr Erbrochenes... Da bricht das Unwetter herein, die Erde wankt in ihren Fugen - die historische Notwendigkeit tritt auf. Mit ehernem Fuß zermalmt sie die Köpfe der sich ihr in den Weg Stellenden, und mit gewaltiger Hand wirft sie das zitternde und angstschweiß-überdeckte kapitalistische Frankreich über den Haufen.

Wenn die Arbeiterklasse sich das Laster, welches sie beherrscht und ihre Natur herabwürdigt, gründlich aus dem Kopf schlagen und sich in ihrer furchtbaren Kraft erheben wird, nicht um die famosen Menschenrechte zu verlangen, die nur die Rechte der kapitalistischen Ausbeutung sind, nicht um das *Recht auf Arbeit* zu fordern, das nur das Recht auf Elend ist, sondern um ein ehernes Gesetz zu schmieden, das jederman verbietet, mehr als drei Stunden pro Tag zu arbeiten, so wird die alte Erde, zitternd vor Wonne, in ihrem Inneren eine neue Welt sich regen fühlen... aber wie soll man von einem durch die kapitalistische Moral korrumpierten Proletariat einen männlichen Entschluß verlangen!

Wie Christus, die leidende Verkörperung der Sklaverei des Altertums, erklimmt unser Proletariat, Männer, Frauen und

Kinder, seit einem Jahrhundert den rauhen Kalvarienberg der Leiden; seit einem Jahrhundert bricht Zwangsarbeit ihre Knochen, martert ihr Fleisch, zerrüttet ihre Nerven; seit einem Jahrhundert quält Hunger ihren Magen und verdummt ihr Gehirn...

O Faulheit, erbarme Du Dich des unendlichen Elends! O Faulheit, Mutter der Künste und der edlen Tugenden, sei Du der Balsam für die Schmerzen der Menschheit!

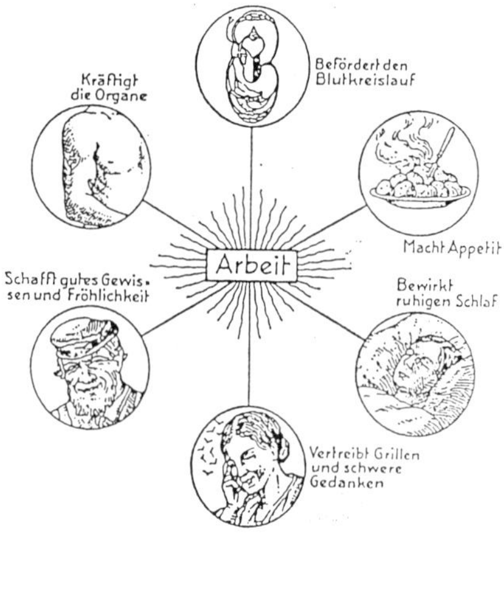

# Anhang

## Eine Auseinandersetzung mit den Moralisten

Unsere Moralisten sind sehr bescheidene Leute. Wenn sie auch das Dogma von der Arbeit erfunden haben, so waren sie doch über den Einfluß desselben auf die Beruhigung der Seele, die Erhebung des Geistes und die gesunde Funktion der Nieren und der übrigen Organe nicht ganz im klaren: sie wollen die Sache erst einmal bei der Volksmasse probieren, das Experiment erst *in anima vili* machen,[41] ehe sie es gegen die Kapitalisten kehren, deren Laster zu entschuldigen und gutzuheißen ihre Mission ist.

Aber Philosophen zu vier Sous das Dutzend, warum denn euer Hirn so quälen, eine Moral auszutüfteln, deren Praktizierung ihr euren Brotgebern nicht anzuraten wagt? Wollt ihr euer Dogma von der Arbeit, auf das ihr euch so viel zugute tut, verhöhnt, verdammt sehen? So schlagt die Geschichte der Alten, die Schriften ihrer Philosophen und ihrer Gesetzgeber nach:

»Ich vermag nicht zu sagen«, schreibt der Vater der Geschichte, Herodot, »ob die Griechen die Verachtung, mit der sie auf die Arbeit blicken, von den Ägyptern haben, weil ich dieselbe Verachtung bei den Thrakern, bei den Skythen, bei den Persern und den Lydern verbreitet finde; mit einem Worte, weil bei den meisten Barbaren diejenigen, welche die Handwerke erlernen, und selbst deren Nachfahren in geringerer Achtung stehen als die übrigen Bürger...; alle Griechen werden in diesen Grundsätzen erzogen, besonders die Lakedämonier.«[42]

»In Athen waren nur die Bürger wirkliche Edle, welche sich mit der Verteidigung und Verwaltung der Gemeinschaft beschäftigten, gleich den wilden Kriegern, von denen sie ihre

Abstammung herleiteten. Da sie somit über ihre ganze Zeit frei verfügen mußten, um ihre intellektuelle und körperliche Kraft der Sorge für die Interessen der Republik zu widmen, so übertrugen sie alle Arbeiten den Sklaven. Ebenso durften in Lakedämon selbst die Frauen weder spinnen noch weben, um ihrem Adel keinen Abbruch zu tun.«[43]

Die Römer kannten nur zwei edle und freie Berufe: Landbau und Waffendienst. Alle Bürger lebten von Rechts wegen auf Kosten des Staatsschatzes, ohne daß sie gezwungen werden konnten, für ihren Unterhalt durch eine der *sordidae artes* (»schmutzige Künste«, so nannten sie die Handwerke) aufzukommen, die von Rechts wegen den Sklaven zukamen. Als Brutus der Ältere das Volk aufwiegeln wollte, warf er Tarquinius, dem Tyrannen, namentlich vor, daß er freie Bürger zu Handwerkern und Maurern gemacht habe.[44]

Die alten Philosophen stritten sich über den Ursprung der Ideen, aber sie waren einig, wenn es galt, die Arbeit zu verabscheuen.

»Die Natur«, schreibt Plato in seiner Gesellschaftsutopie, in seiner Musterrepublik, »die Natur hat weder Schuhmacher noch Schmiede geschaffen; solche Beschäftigungen entwürdigen die Leute, die sie ausüben: niedrige Lohnarbeiter, Elende ohne Namen, die durch ihren Stand bereits von den politischen Rechten ausgeschlossen sind. Was die Händler betrifft, die an Lügen und Betrügen gewöhnt sind, so wird man sie in der Gemeinde nur als ein notwendiges Übel betrachten. Der Bürger, der sich durch Handelsgeschäfte erniedrigt, soll für dieses Vergehen bestraft werden. Wird er überführt, so soll er zu einem Jahre Gefängnis verurteilt werden. Bei jedem Rückfall ist die Strafe zu verdoppeln.«[45]

In seiner *Ökonomik* schreibt Xenophon: »Die Leute, die sich mit Handarbeit abgeben, werden nie zu höheren Posten erhoben, und man hat recht. Gezwungen, den ganzen Tag zu sitzen, einige sogar, ein beständiges Feuer auszuhalten, werden die meisten von ihnen es nicht verhindern können, daß ihr Körper sich verunstaltet, und es ist kaum möglich, daß das nicht auch auf den Geist zurückwirkt.«

»Was kann aus einem Laden Ehrenhaftes kommen?« erklärt Cicero, »und was kann der Handel Ehrenvolles hervorbringen? Alles, was Laden heißt, ist eines ehrenhaften Mannes unwürdig..., da die Kaufleute, ohne zu lügen, nichts verdienen können; und was ist schändlicher als die Lüge? Deshalb muß das Gewerbe derer, die ihre Mühe und Geschicklichkeit verkaufen, als niedrig und gemein betrachtet werden, denn wer seine Arbeit für Geld hergibt, verkauft sich selbst und stellt sich auf eine Stufe mit den Sklaven.«[46]

Proletarier, die man durch das Dogma von der Arbeit verdummt hat, hört ihr die Sprache dieser Philosophen die man euch mit eifersüchtiger Sorge verbirgt? Ein Bürger, der seine Arbeit für Geld hergibt, erniedrigt sich zum Rang eines Sklaven; er begeht ein Verbrechen, das jahrelanges Gefängnis verdient.

Die christliche Heuchelei und der kapitalistische Utilitarismus hatten diese Philosophen des Altertums noch nicht verdorben; da sie für freie Männer lehrten, so sprachen sie unbefangen ihre Gedanken aus. Plato und Aristoteles, diese Riesendenker, denen unsere Cousin, Caro und Simon,[47] und wenn sie sich auf die Fußspitzen stellen, noch nicht bis an die Knöchel reichen, wollten, daß die Bürger ihrer Idealrepubliken die größte Muße genössen, denn, setzt Xenophon hinzu, »die Arbeit nimmt die ganze Zeit in Anspruch und bei ihr hat man keine Zeit für die Republik und seine Freunde.« Nach Plutarch hatte Lykurg, »der weiseste aller Menschen«, deshalb den großen Anspruch auf die Bewunderung der Nachwelt, weil er den Bürgern der Republik Muße zusprach, indem er ihnen die Ausübung irgendeines Handwerks untersagte.[48]

Aber, werden die Bastiat, Dupanloup, Beaulieu und Konsorten[49] der christlichen und der kapitalistischen Moral antworten, diese Denker, diese Philosophen, predigten die Sklaverei. - Ganz richtig, aber konnte es unter den wirtschaftlichen und politischen Verhältnissen ihrer Epoche anders sein? Der Krieg war der normale Zustand der antiken Gesellschaften; der freie Mensch mußte seine Zeit der Beratung der Staatsangelegenheiten und der Sorge für die Verteidigung widmen; das Handwerk war damals zu unentwickelt und zu hart, als daß man neben seiner Ausübung seinem Beruf als Bürger und Soldat hätte nachgehen können; um Krieger und freie Bürger zu haben, mußten die Philosophen und Gesetzgeber in den heroischen Republiken Sklaven dulden. Aber lobpreisen nicht die Moralisten und Ökonomen des Kapitalismus die moderne Sklaverei, das Lohnsystem? Und was sind es für Leute, denen der kapitalistische Sklave Muße verschafft? Den Rothschild, den Schneider, den Madame Boucicault - unnütze und schädliche Schmarotzer, Sklaven ihrer Laster und ihrer Dienstboten.

»Das Vorurteil der Sklaverei beherrschte den Geist von Aristoteles und Pythagoras«, hat man verächtlich geschrieben, und doch träumte Aristoteles: »Wenn jedes Werkzeug auf Geheiß oder auch vorausahnend das ihm zukommende Werk verrichten könnte, wie des Dädalus Kunstwerke sich von selbst bewegten, oder die Dreifüße des Hephästus aus eigenem Antrieb an die heilige Arbeit gingen, wenn so die Webeschiffe von selbst webten, so bedürfte es weder für den Werkmeister der Gehilfen, noch für die Herren der Sklaven.«[50]

Der Traum des Aristoteles ist heute Wirklichkeit geworden. Unsere Maschinen verrichten feurigen Atems, mit stählernen, unermüdlichen Gliedern, mit wunderbarer, unerschöpflicher

Zeugungskraft, gelehrig und von selbst ihre heilige Arbeit; und doch bleibt der Geist der großen Philosophen des Kapitalismus nach wie vor beherrscht vom Vorurteil des Lohnsystems, der schlimmsten aller Sklavereien. Sie begreifen noch nicht, daß die Maschine der Erlöser der Menschheit ist, der Gott, der den Menschen von den *sordidae artes* und der Lohnarbeit loskaufen, der Gott, der ihnen Muße und Freiheit bringen wird.

## Anmerkungen

### *Das Recht auf Faulheit*

Der deutschen Ausgabe von 1887 geht folgendes Vorwort des Übersetzers (Eduard Bemstein) voran:

Als ich mich seinerzeit entschloß, die vorliegende kleine Schrift meines Freundes Lafargue den deutschen Arbeitern zu unterbreiten - sie erschien zuerst als Feuilleton im »Sozialdemokrat«, - da ward mir von verschiedenen Seiten die Befürchtung geäußert, sie werde mißverstanden werden, der Titel allein genüge, böses Blut zu machen, und anderes mehr.

Indes, die Furcht stellte sich als unbegründet heraus, es liefen keine Reklamationen ein, vielmehr fanden die Artikel so viel Anklang, daß die Herausgabe des Ganzen in Broschürenform wünschenswert erschien.

Diese deutsche Übersetzung ist nicht ganz wörtlich. Im Einverständnis mit dem Verfasser sind einige nicht unbedingt zum Thema gehörige und nur für französische Leser verständliche Sätze fortgeblieben, während an anderen Stellen auf deutsche Verhältnisse passende Einschaltungen vorgenommen, deutsche Persönlichkeiten an Stelle französischer zur Exemplifizierung benutzt wurden. Nur so war es möglich, der Schrift den Charakter der Satire zu erhalten. Auch die Kapiteleinteilung ist eine andere als die des Originals.

Im übrigen seien hier die Worte wiederholt, mit denen die Redaktion des »Sozialdemokrat« seinerzeit die Publikation einleitete:

»...So denken wir uns den Dank unserer Leser dadurch zu verdienen, daß wir sie mit einer Schrift bekannt machen, welche mit ihrem beißenden Sarkasmus, mit ihrer rücksichtslosen Offenheit vortrefflich geeignet ist, mit allerhand Vorurteilen, die sich bis in unsere Reihen eingeschlichen haben, tüchtig Kehraus zu machen. Die Biedermeierei, die in Deutschland das große Wort führt und über die »Frivolität« eines Heine augenverdrehend zetert, darf in unserer Partei keinen Widerhall finden. Mehr als je müssen wir vielmehr gegen Scheinheiligkeit und Duckmäuserei ankämpfen und uns vor allem daran gewöhnen, offen auszusprechen, was wir für recht halten, und unbefangen zu prüfen, was neu an uns herantritt.«

Unbefangen prüfen, das ist es auch, was wir den Lesern in bezug auf die Lafarguesche Schrift empfehlen. Nicht aus polemischen Gründen bringen wir sie zum Abdruck - wenn wir polemisieren, so tun wir dies offen und ohne Rückhalt -, sondern ihrer unleugbaren Vorzüge wegen. Sie enthält in knappster Form eine Fülle von anregenden Gedanken sowie von beweiskräftigem Material für unsere Sache, so daß selbst der sie mit Frucht lesen wird, dem ihre »Moral« oder »Immoral« -wie man's eben nehmen will - doch einige »Bedenken« erregt.

*Eine Bemerkung zum deutschen Text dieser Ausgabe:*

Eduard Bernsteins Übersetzung entspricht nicht ganz dem Originaltext, wie er in seiner Vorrede bemerkt. Jedoch die Personen und Ereignisse aus der Zeit des deutschen Kaiserreichs, die Bemstein an die Stelle der französischen Namen setzte, sagen dem heutigen Leser kaum noch etwas. Daher erschien es sinnvoll, das Original wiederherzustellen. Denn alle »Aktualisierungen« und »Verbesserungen« werden früher oder später auch wieder veralten und unverständlich werden; jedenfalls machen sie das Original unkenntlich. So wurde die hier vorliegende Fassung anhand des französischen Textes von 1883 hergestellt, der nur leicht von dem der ersten Ausgabe aus dem Jahr 1880 abweicht. Damit wird erstmals der vollständige deutsche Text vorgelegt, der jedoch im wesentlichen auf Bernsteins Übersetzung basiert. Die folgenden Anmerkungen ohne Klammern sind von Lafargue; die Anmerkungen in Klammern enthalten einige Hinweise des Herausgebers dieser Ausgabe.

1 (Adolphe Thiers, 1797-1877, französischer Politiker und Historiker, Ministerpräsident 1836 und 1840, nach der Februarrevolution 1848 konservativer Republikaner, führend beteiligt an der Niederschlagung der Pariser Kommune von 1871, 1871-73 Präsident der Republik, schrieb mehrbändige Geschichtswerke über die französische Revolution und die Herrschaft Napoleons.)

2 Descartes, Les Passions de l'âme (Die Leidenschaften der Seele).

3 Dr. Beddoe, Memoirs of the Anthropological Society; Ch. Darwin, Descent of man.

4 Oft sind die europäischen Forscher ganz betroffen von der körperlichen Schönheit und der stolzen Haltung der Angehörigen primitiver Völkerschaften, welche noch nicht von dem »vergifteten Hauch der Zivilisation«, um mit Pöppig zu reden, befleckt sind. Von den Ureinwohnern der australischen Inseln schreibt Lord George Campbell: »Kein Volk der Welt frappiert mehr im ersten Augenblick. Ihre ebene, kupferfarben schimmernde Haut, ihr gelocktes vergoldetes Haar, ihre schöne und anmutige Figur, mit einem Wort ihre ganze Persönlichkeit stellte ein neues und glänzendes Muster der *Gattung Mensch* dar; ihre physische Erscheinung machte den Eindruck einer der unserigen überlegenen Rasse.« Mit derselben Bewunderung betrachteten die Zivilisierten des alten Rom, ein Cäsar und Tacitus, die Germanen der kommunistischen Stämme, die in das römische Reich eindrangen. Gleich Tacitus stellte *Salvian*, der der »Lehrer der Bischöfe« genannt wurde, im 5. Jahrhundert den Zivilisierten und Christen die Barbaren als Muster hin: »Wir sind unzüchtig inmitten von Barbaren, die keuscher sind als wir. Mehr noch; die Barbaren nehmen an unserer Unzucht Anstoß. Die Goten dulden keinen Wüstling ihres Stammes unter sich; nur die Römer in ihrer Mitte haben dank dem traurigen Privilegium ihres Namens und ihrer Nationalität das Recht, unrein zu sein. (Die Päderastie war damals bei Heiden und Christen stark in Mode.) - Die Unterdrückten gehen zu den Barbaren, Menschlichkeit und Schutz zu suchen.« *(De gubernatione Dei).* Die alte Zivilisation und das aufstrebende Christentum korrumpierten die Barbaren der alten Welt geradeso, wie das altersschwache Christentum und die moderne kapitalistische Zivilisation die Wilden der neuen Welt korrumpieren.
Herr F. Le Play, dessen Beobachtungstalent man anerkennen muß, selbst wenn man seine mit philanthropischer und christlicher Spießbürgerei versetzten soziologischen Schlüsse verwirft, sagt in seinem Buch *Les Ouvriers européens* (1855): »Der Hang der *Baschkiren* zur Faulheit (Baschkiren sind halbnomadische Hirten im Ural), die mit dem Nomadenleben verbundene Muße sowie die Gewohnheit des Nachdenkens, welche erstere bei den besser begabten Individuen hervorrufen, haben bei diesen Leuten oft eine Feinheit der Manieren, eine

Schärfung von Intelligenz und Urteil zur Folge, wie man sie in einer höheren Zivilisation auf dem gleichen sozialen Niveau selten findet... Was ihnen am meisten zuwider ist, sind die Ackerarbeiten; sie tun eher alles andere, als daß sie sich zum Beruf des Ackerbauers entschließen.« In der Tat ist der Ackerbau die erste Erscheinungsform knechtischer Arbeit in der Menschheit. Nach der biblischen Überlieferung ist der erste Kriminelle, Kain, ein Ackerbauer.

5 Das spanische Sprichwort sagt: *Descansar es salud,* sich ausruhen ist gesund.

6 O Melibäus, ein Gott schenkte uns diesen Müßiggang. Vergil, Bucolica. Siehe den Anhang.

7 Matthäusevangelium, Kapitel 6.

8 Auvergnaten, Bewohner der Auvergne, einer mittelfranzösischen Landschaft um die Stadt Clermont-Ferrand.

9 Ein Essay über Gewerbe und Handel. (Dasselbe Zitat bei Marx, Kapital Bd. I, 8. Kapitel, 5. Dort heißt es auch: »Unter den Anklägern der Arbeiter ist der grimmigste der im Text erwähnte anonyme Verfasser von »An Essay on Trade and Commerce: containing Observations on Taxation etc.«, London 1770.« Und er führt einen anderen Autor mit dem Sprichwort an: »all work and no play (nur Arbeit und kein Spiel) macht dumm.«)

10 Auf dem ersten Wohltätigkeitskongreß (Brüssel 1857) erzählte ein Herr *Scrive,* einer der reichsten Manufakturisten von Marquette bei Lille, unter dem Beifall der Kongreßmitglieder und mit der Genugtuung erfüllter Pflicht: »Wir haben einige Zerstreuungsmittel für Kinder eingeführt. Wir lehren sie während der Arbeit singen, während der Arbeit zählen. Das unterhält sie und läßt sie mutig *die zwölf Stunden Arbeit antreten, welche nötig sind, um ihnen ihren Lebensunterhalt zu verschaffen.«* 12 Stunden Arbeit, und welcher Arbeit! Kindern aufgebürdet, die noch nicht 12 Jahre alt sind! - Die Materialisten werden ewig bedauern, daß es keine Hölle gibt, in welche man diese Christen, diese Philanthropen, diese Henker der Kindheit spedieren (= versenden, d.Hg.) kann!

11 »Recht auf Arbeit« und »Organisation der Arbeit« waren die Hauptforderungen der revoltierenden Pariser Arbeiter im Jahr 1848. Sie wurden besonders von Louis Blanc und auch von den Fourieristen propagiert. Näheres siehe bei Rudolf Singer, Das Recht auf Arbeit in geschichtlicher Darstellung, Jena 1895.

12 Jules Simon, 1814-1896, franz. republikanischer Politiker und Philosophieprofessor, Mitglied der Akademie der moralischen und politischen Wissenschaften, war Erziehungsminister, hat einige Bücher zur sozialen Frage veröffentlicht: L'Ouvriere (1866), Le Travail (1866), L,Ouvrier de huit ans (1867).

Der Graf de Germiny war ein bei den Jesuiten erzogener, äußerst kämpferischer klerikaler Politiker; 1876/77 verursachte er einen Skandal, als er von Zivilpolizei in einer Bedürfnisanstalt der Champs-Elyse'es aufgegriffen wurde, während er mit einem anderen »obszöne Berührungen« ausgetauscht haben soll. Vor der Polizei sagte er aus, daß er sich selbst über die schimpflichen Tatsachen, von denen er häufig habe reden hören, ein Bild machen wollte. Auch auf diese Historie bezieht sich vielleicht das »jesuitische« des Textes, das auch heuchlerisch bedeutet.

13 (Auguste Comte, 1798-1857, franz. Mathematiker, Philosoph und Soziologe; begründete den Positivismus mit seinem Werk »Cours de philosophie positive«, in dem er seine Methode erläutert, nach der man sich nur mit experimentell erfahrbaren Tatsachen und ihren Beziehungen untereinander zu befassen habe. Stellte ein sogenanntes Gesetz auf, nach dem der menschliche Geist drei Stadien, den theologischen, den metaphysischen und den positiven durchlaufe. Nach 1845 machte er aus seiner Philosophie eine Religion, wurde mystisch und ernannte sich zum Großpriester der Humanitat.

Paul Leroy-Beaulieu, 1843-1916, franz. liberalistischer Ökonom.

Victor Hugo, 1802-1885, der bekannte franz. Dichter und Romancier, war die führende Figur in der romantischen Literatur. Einer von Lafargues liebsten Prügelknaben, z.B. in seiner Schrift »La legende de Victor Hugo«.

Paul de Kock, 1794-1871, schrieb große Mengen leichter Genreromane, Melodramen, komischer Opern und Vaudevilles.)

14 (Wohl der franz. Moralist Jean de la Bruyère, 1645-1696, der in seinen Caractères die Bauern und Landarbeiter als die wahren Menschen preist, die allerdings von Schwarzbrot, Wasser und Wurzeln leben müssen; de l'homme 128.)

15 Rede, gehalten im Mai 1863 in der Pariser internationalen Gesellschaft für praktische sozialökonomische Studien, und veröffentlicht im *Economiste Francais* desselben Jahres.

16 L.-R. Villermé: *Ein Bild von dem physischen und moralischen Zustand der Arbeiter in den Seiden- Wollen- und Baumwollfabriken* (Tableau de l'état physique et moral des ouvriers dans les fabriques de coton, de laine et de soie, 1840). Nicht etwa weil die Dollfus, die Köchlin und andere elsässische Fabrikanten Republikaner, Patrioten und protestantische Philanthropen waren, behandelten sie ihre Arbeiter so; denn die Herren Blanqui, der Akademiker, Reybaud, der Prototyp des Jérôme Paturot, und Jules Simon, der politische Besserwisser, haben ein gleiches Wohlleben bei den Arbeitern der sehr katholischen und sehr monarchischen Fabrikanten in Lilie und Lyon konstatiert. Das sind kapitalistische Tugenden, die in entzückender Weise mit jeder politischen Richtung, mit jeder Religion harmonieren.

(Adolphe Blanqui, 1798-1854, liberalistischer Ökonom, Anhänger von J.-B. Say, Mitglied der Akademie der moralischen Wissenschaften, Bruder des Revolutionärs Louis Auguste Blanqui.

Jérôme Paturot, eine Romanfigur von Louis Reybaud, 1799-1879), die für den ambitionierten Ignoranten steht, der sich zu allem fähig fühlt und zu nichts taugt.

Jules Simon, 5. Anm. oben.)

17 Die Indianer der kriegerischen Stämme Brasiliens töten ihre Schwachen und Alten; sie bezeugen ihre Freundschaft, indem sie einem Leben ein Ende machen, das nicht mehr von den Kämpfen, den Festen und Tänzen erfreut wird. Alle primitiven Völker haben den ihren diesen Beweis der Zuneigung gegeben: Die Massageten des Kaspischen Meeres (Herodot) genauso wie die Wenden Deutschlands und die Kelten Galliens. In den Kirchen Schwedens bewahrte man noch vor kurzem die *Familienkeulen* genannten Keulen auf, die dazu dienten, die Eltern von der Trübsal des Alters zu erlösen. Wie sehr degeneriert sind die modernen Proletarier, daß sie das schreckliche Elend der Fabrikarbeit geduldig akzeptieren!

18 (Antoine-Louis-Claude, comte de Destutt de Tracy, 1754-1836, franz. Ökonom und sensualistischer Philosoph. Auch dieses Zitat entnahm Lafargue dem Marxschen Kapital, Bd.I, 23. Kap., 4.)

19 Joseph Townsend, 1739-1816, engl. Geistlicher und Soziologe, dessen Bevölkerungstheorie Malthus beeinflußte. Dieses Zitat findet sich im 1. Bd. des Kapital kurz vor dem Satz Destutt de Tracys)

20 (Im franz. Text: ouvrières ovalistes) Ovaliste: Ein Arbeiter, der die Seiden zwirnt.

21 (Im franz. Text: moulineuses) Moulineur: Ein Arbeiter, der die Rohseidenfäden zieht und zwirnt.

22 (Anspielung auf Leon Gambetta, 1838-1882, franz. Politiker, den Lafargue auch im »Verkauften Appetit« vorknöpft. Die Bedeutung ist nicht klar; vielleicht weigern sie sich oder protestieren? Dann handelt es sich um eine Anspielung auf den berühmten Satz Gambettas gegenüber Mac-Mahon: »Er wird sich unterwerfen müssen oder abtreten müssen.«)

23 Auf dem am 21. Februar 1879 in Berlin stattgefundenen Kongreß deutscher Industrieller schätzte man den Verlust, den allein die Eisenindustrie Deutschlands während der letzten Krisis erlitten, auf 568 Millionen Francs.

24 Die *Justice* des Herrn Clemenceau sagte im finanziellen Teil ihrer Nummer vom 6. April 1880: »Wir haben die Meinung aussprechen hören, daß die Milliarden des Krieges von 1870, auch wenn die Preußen sie uns nicht abgenommen hätten, für Frankreich *gleichwohl verloren* gegangen wären; und zwar in der Form der von Zeit zu Zeit aufgelegten Anleihen zum Ausgleich der Budgets fremder Staaten; das ist auch unsere Ansicht.« Man schätzt den Verlust, den englisches Kapital bei der Kreditvergabe an die südamerikanischen Republiken erlitten, auf fünf Milliarden - die französischen Arbeiter haben nicht nur die an Herrn Bismarck gezahlten fünf Milliarden erarbeitet, sie müssen auch die fetten Zinsen aufbringen, welche die Verschulder des Kriegs und der Niederlage, die Olivier, die Girardin, die Bazaine und andere Besitzer von Rententiteln einstreichen. Indes bleibt ihnen ein Trost: diese Milliarden werden keinen Wiedereintreibungskrieg zur Folge haben.

25 (Der einleitende Satz und das folgende Antipatroszitat finden sich genauso im ersten Band des Kapitals. Das Zitat entnahm Marx folgendem Werk: »Gedichte aus dem Griechischen übersetzt von Christian Graf zu Stolberg«, Hamburg 1782. Marx schreibt zu dem Zitat: »Ich gebe hier die Stolbergsche Übersetzung des Gedichts, weil es ganz sowie die früheren Zitate über Teilung der Arbeit den Gegensatz der antiken Anschauung zur modernen charakterisiert.»)

26 Unter dem Ancien Regime garantierten die Gesetze der Kirche den Arbeitern 90 Ruhetage (52 Sonntage und 38 Feiertage), während deren es streng untersagt war zu arbeiten. *Das* war das große Verbrechen des Katholizismus, die Hauptursache der Irreligiosität des industriellen und handeltreibenden Bürgertums. Sobald dasselbe in der Französischen Revolution ans Ruder kam, schaffte es die Feiertage ab und ersetzte die Woche von sieben Tagen durch die zehntägige Woche. Es befreite die Arbeiter vom Kirchenjoch, um sie um so strenger unter das Joch der Arbeit zu spannen.

Der Haß gegen die Feiertage macht sich erst in dem Moment bemerkbar, wo die moderne industrielle und kommerzielle Bourgeoisie auf die Bühne tritt, d.h. im 15. und 16. Jahrhundert. Heinrich IV verlangte ihre Reduktion vom Papst; dieser schlug ihm dieselbe ab, weil »eine der Ketzereien, die heute umsichgreifen, darin besteht, die Feiertage anzurühren«. (Brief des Kardinals d'Ossat.) Aber 1666 verbot Perefixe, Erzbischof von Paris, siebzehn derselben. Der Protestantismus, diese den neuen Handels- und Tndustriebedürfnissen der Bourgeoisie angepaßte christliche Religion, kümmert sich wenig um die Erholung des Volkes; er entthronte die Heiligen im Himmel, um ihre Feste auf Erden abschaffen zu können.

Die Religionsreform und das philosophische Freidenkertum waren nichts als Vorwände, um der heuchlerischen und gierigen Bourgeoisie zu erlauben, die beim Volk beliebten Feiertage verschwinden zu lassen.

27 Diese pantagruelischen (= deftigen, d.Hg.) Feste dauerten Wochen. Don Rodrigo de Lara erwarb seine Braut durch Vertreibung der Mauren aus Calatrava la Vieja, und der *Romancero* erzählt:
Las bodas fueron en Burgos,
Las tornabodas en Salas:
En bodas y tornabodas
Pasaron siete semanas.
Tantas vienen de las gentes,
Que no caben por las plazas...
(Die Hochzeit ward in Burgos, die Heimkehr von der Hochzeit in Salas gefeiert; mit Hochzeits- und Heimkehrfeier vergingen sieben Wochen; so viel Leute strömten herbei, daß die Räume sie nicht fassen konnten...) Die Männer dieser Hochzeitsfeste von sieben Wochen waren die heroischen Soldaten der Unabhängigkeitskriege.

28 (Thomas Robert Malthus, 1766-1834, engl. Geistlicher und Ökonom; behauptete, daß Überbevölkerung und Armut normal seien, da die Menschen dazu neigten, sich unbegrenzt zu vermehren, während die Lebensmittel nur begrenzt vermehrt werden könnten. Seine Bevölkerungstheorie war als menschenmörderisch verschrien, da er Armenfürsorge ablehnte, weil sie nur dazu führe, daß sich die Armen noch stärker vermehrten; trat für sexuelle Enthaltsamkeit ein.)

29 (Der franz. Text spielt mit der Doppeldeutigkeit von »Mercure«, das gleichzeitig den Liebesboten Merkur wie das Quecksilber bezeichnet, mit dem man früher Syphilis behandelte.)

30 Karl Marx, Das Kapital (Bd.I, 13. Kap., 6.)

31 »Die Proportion, in der die Bevölkerung eines Landes als Dienstboten der wohlhabenden Klassen beschäftigt ist, charakterisiert seinen Fortschritt im nationalen Reichtum und in der Zivilisation.« R. M. Martin, *Ireland before and after the Union*, 1818. Gambetta, der die soziale Frage leugnete, seitdem er nichts weiter als der dürftige Advokat des Cafe Procope war, wollte ohne Zweifel von dieser ständig wachsenden Dienstbotenklasse sprechen, als er das Entstehen neuer gesellschaftlicher Schichten forderte.

32 (Der Spruch »Wer nicht arbeiten will, soll auch nicht essen« findet sich zuerst im Neuen Testament, im zweiten Brief des Paulus an die Thessalonicher,

2 Thess 3, 10; im modernen politischen Diskurs wurde meist die verkürzte Variante »Wer nicht arbeitet, soll auch nicht essen« verwendet, die, genau genommen, unlogisch ist, weil sie dazu aufrufen würde, man solle Arbeitsunfähige verhungern lassen. In dieser Fassung findet sich der Spruch auch bei Lenin, Staat und Revolution, als »sozialistisches Prinzip«, sowie in der ersten Verfassung der Sowjetunion.)

33 Zwei Beispiele: Die englische Regierung mußte, um den indischen Gebieten zu gefallen, die, obwohl sie regelmäßig von Hungersnöten verwüstet werden, versessen Mohn anstelle von Reis oder Getreide anbauen, blutige Kriege unternehmen, um die chinesische Regierung zur freien Einfuhr des indischen Opiums zu zwingen. Die Wilden Polynesiens mußten sich, unbekümmert darum, daß es die Ursache ihres Aussterbens ist, englisch kleiden und auf englisch besaufen, um die Produkte der schottischen Brennereien und der Textilfabriken von Manchester zu konsumieren.

34 Paul Leroy-Beaulieu, La Question ouvriere au XIXe siècle (Die Arbeiterfrage im 19. Jahrhundert), Paris 1872.

35 Hier ist, nach dem berühmten Statistiker R. Giffen, vom Büro für Statistik in London, die stetige Steigerung des nationalen Reichtums von England und Irland:
1814 betrug er 55 Milliarden Francs
1865 betrug er 162½ Milliarden Francs
1875 betrug er 212½ Milliarden Francs

36 Louis Reybaud, Le coton, son regime, ses problemes (Die Baumwolle, ihr Reich und ihre Fragen), Paris 1863.

37 Sie tun, als seien sie Curiusse, leben aber wie bei Bacchanahen, Juvenal (Satiren 2,3).
(M. Curius Dentatus, römischer Feldherr des 3. Jahrhunderts, Besieger des Pyrrhus, galt wegen seiner Tugenden der Einfachheit und Unbestechlichkeit als Muster eines Römers; die Bacchusfeste waren sprichwörtlich für ihre Orgien.)

38 (François Rabelais) Gargantua und Pantagruel 11, 34.

39 (Leon Gambetta, s. d. Anm. oben;
Paul Granier de Cassagnac, 1843-1904, franz. Publizist und Politiker, war ein aggressiver Polemiker und, wie sein Vater, bekannt für seine zahlreichen Duelle.)

40 (Pierre-Joseph Proudhon, 1809-1865, franz. Publizist und Ökonom, einer der Begründer des Anarchismus;
Amédée-Jérôme Langlois, Anhänger Proudhons.)

41 (an einem niedrigen Wesen)

42 Herodot, Historien II 167. Trad. Larcher, 1786.
(Die Lakedämonier oder Spartaner waren für den brutalen Umgang mit ihren Arbeitskräften, den Heloten, bekannt: vgl. Plutarch, Leben des Lykurg, 28. Abschnitt, wo u. a. die Sitte beschrieben ist, nach der besonders die tapfersten Heloten regelmäßig umgebracht wurden, um Aufständen vorzubeugen. Dieses Zitat, wie die folgenden aus antiken Schriftstellern, entnahm Lafargue dem ersten Kapitel des Buches »Du Droit a L'Oisiveté et de l'organisation du

travail servile dans les républiques grecques et romaine« von L.-M. Moreau-Christophe, Paris 1849.)

43 Biot, De l'abolition de l'esclavage ancien en Occident (Über die Abschaffung der alten Sklaverei im Okzident) 1840.

44 Titus Livius, 1. Buch.

45 (Die im Text angeführten Sätze stehen so nicht bei Platon; Lafargue übernahm sie von Moreau-Christophe; sie fassen einige platonische Ansichten aus den Schriften Der Staat (politeia) und Die Gesetze (nomoi) zusammen. Die Vorschrift über die Gefängnisstrafe für Bürger, die Handel treiben, findet sich in nomoi 919e/920a.)

46 Cicero, Von den Pflichten 1, 42. (Auch dieses Zitat entspricht nicht ganz dem originalen Cicero.)

47 (Victor Cousin, 1792-1867, Philosophieprofessor und Haupt der von ihm so benannten eklektischen Schule;

Elme-Marie Caro, 1826-1887, Philosophieprofessor an der Sorbonne;

Jules Simon, war Schüler Cousins und verfaßte dessen Biographie, s. a. d. Anm. oben; alle drei waren Modephilosophen der Zeit.)

48 Platon, Der Staat, Die Gesetze; Aristoteles, Politik Buch 2 und 7; Xenophon, Oikonomikos 4 und 6; Plutarch, Leben des Lykurg.

49 (Fredene Bastiat, 1801-1850, franz. liberalistischer Ökonom; Dupanloup, 1802-1878, Bischof von Orleans, schrieb Broschüren zur Verteidigung der katholischen Interessen; Beaulieu, s. d. Anm. oben zu Leroy-Beaulieu.)

50 (Aristoteles, Politik 1253b; Bernsteins Text hat das folgende Marxzitat zusätzlich in der Fußnote. »Die Heiden, ja die Heiden!« Sie begriffen, wie der gescheite *Bastiat* entdeckt hat und vor ihm der noch klügere *Mac Culloch,* nichts von politischer Ökonomie und Christentum. Sie begriffen u.a. nicht, daß die Maschine das probateste Mittel zur Verlängerung des Arbeitstages ist. Sie entschuldigten etwa die Sklaverei des einen als Mittel zur vollen menschlichen Entwicklung des anderen. Aber Sklaverei der Massen predigen, um einige rohe oder halbgebildete Emporkömmlinge zu »eminent spinners«, »extensive sausage makers« und »influential shoe black dealers« (hervorragenden Spinnern, Wurst-Großfabrikanten, einflußreichen Schuhwichshändlern) zu machen, dazu fehlte ihnen das spezifisch christliche Organ.« K. Marx, Das Kapital, 2. Auflage, S. 428.)

## Wie man arbeiten muss

Dieses Merkblatt, das im Vorzimmer von Wladimir Iljitsch Lenin im Gebäude des Rates der Volkskommissare ausgehängt wurde, repräsentiert sozusagen die andere Seite: propagiert wird hier gewissermassen die Arbeit als zentraler Lehrplan-Inhalt einer „Lebensschule“. Schon sprachlich wird die Kluft zur Lafargue´schen Lebenslust deutlich. Der Text symbolisiert einen verknöcherten, autoritären Sozialismus, dessen oberste Werte - Fleiss und Ordnung - sich in nichts von den ewigen preussischen „Tugenden“ unterschieden, wenngleich dieses Traktat, heute gelesen, einer gewissen unfreiwilligen Komik nicht entbehrt. Wir haben den Merkblatt-Text um ein paar Wiederholungen und Langatmigkeiten gekürzt. In Grammatik und Orthographie folgen wir der uns vorliegenden Ausgabe des Verlages „Junge Welt“ (Berlin/DDR, ohne Jahresangabe).

Wir dokumentieren den Text auch deshalb, um entgegen der pauschalisierenden Rede vom „Untergang des Sozialismus“ und dem „Ende der Geschichte“ die Unterschiede zu verdeutlichen zu einem libertären, vitalen, anti-autoritären Sozialismus, auf dessen Vorarbeiten zurückzugreifen sich weiterhin lohnt.

»Ehe man mit der Arbeit beginnt, sollte man sie umfassend durchdenken, so durchdenken, dass ein fertiges und endgültiges Modell über die Arbeit und die notwendigen Arbeitsgänge schon im Kopf entsteht. Ist es unmöglich, den gesamten Komplex bis zum Ende auf einmal zu durchdenken, so muss man sich Gedanken über die Hauptschritte machen, wobei der erste Teil der Arbeit absolut gründlich überlegt sein soll. Die meisten Arbeiten gelingen deshalb nicht, weil man sie vom allerersten Beginn an nicht richtig überdacht hatte. Im allgemeinen ist es so, dass man sich in die Arbeit, wie man sagt, „hineinstürzt“.

Praktisch ist es aber besser, wenn man sich etwas Zeit lässt und in jedem Fall die Arbeit so durchdenkt, dass man vollkommen unbelastet optisch und mit lebendiger Vorstellung die erledigte Arbeit vor sich sieht.

Man sollte nicht eher mit der Arbeit beginnen, bevor nicht alle Instrumente und für die Arbeit erforderlichen Einrichtungen vorbereitet sind... Man muss sich zu der Gewohnheit erziehen, von Anfang an eine Übersicht über alle notwendigen Werkzeuge und für die Arbeit erforderlichen Einrichtungen zu haben. Sogar an Kleinigkeiten sollte man dabei denken.

Einen sorgfältigen Arbeiter kann man von einem nachlässigen Arbeiter dadurch unterscheiden, dass der erstere alles in greifbarer Nähe hat. Bei einem nachlässigen Arbeiter, dem liederlichen, liegt alles unordentlich herum. Menschen, die sich ständig von der Arbeit loslösen müssen, um ihre Arbeitsinstrumente zu suchen, befinden sich in dauerhafter panikartiger Hast. Sie erledigen alles zerstreut und schaden sich selbst und ihrer Arbeit... Wenn es wichtig ist, dass für die Arbeit alles vorbereitet sein muss, dann ist es genauso wichtig, dass überhaupt nichts Unnötiges herumliegen sollte. Nachlässige Arbeiter begreifen oft nicht, warum sie schlechte Laune bei der Arbeit haben. Man sollte mit ihnen einen Versuch machen - ihre Drehbank säubern - alles Unnötige wegschaffen, und Sie werden sehen, dass die Laune des Arbeiters sich aufbesssert und die Arbeit selbst neuen Aufschwung bekommt... Die beste Methode, Zerstreutheit bei der Arbeit zu vermeiden, ist die, dass man über alles für die Arbeit Notwendige in einer bestimmten Ordnung verfügt. Jeder sollte sich folgende Erfahrung aneignen: Alles Unnötige muss weggeräumt werden, der Arbeitsplatz muss planmässig aufgeteilt werden, die Instrumente müssen entsprechend der Notwendigkeit ihrer Benutzung ausgelegt und ständig ihren eigenen Platz haben.

Sie werden sich überzeugen, dass das eine richtige Wissenschaft der Arbeit ist. Das ist ungefähr das gleiche, als wenn wir in einer grossen Stadt eine Strassenbahnlinie bauen und überlegen würden, wie sir die Menschen von einem Ende der Stadt zum anderen auf dem kürzesten Wege befördern könnten.

Man sollte niemals eine Arbeit plötzlich und ohne Überlegung anfangen und sich vom Platz losreissen. An die Arbeit muss man systematisch herangehen. Kopf und Körper setzen sich dann von selbst in Bewegung und beginnen zu arbeiten.

Stürzt man in die Arbeit hinein, so macht man bald „schlapp", und aus der Arbeit wird ebenfalls nichts Gescheites. Nach einem hastigen Anfang ermüdet der Arbeiter und verdirbt die Arbeit.

Wir berühren jetzt die interessanteste Frage, und zwar die Frage über das Tempo der Arbeit... Arbeitskultur heisst Ausdauer und Kenntnis: die Arbeit im Arbeitstempo einzuteilen sowie durchzuführen. Wir schlagen dem Leser dieser Zeilen vor, folgenden Versuch zu machen:

Mit dem Morgen beginnend, sollte man langsam nach und nach die Arbeitsgeschwindigkeit steigern und wenn man ein bestimmtes Arbeitstempo erreicht hat, sollte man dieses den ganzen Tag über auf gleichem Niveau halten.

Das wird ein richtiger Erfolg auf dem Gebiet der Arbeitskultur sein, den ein Arbeiter, ohne sich auf komplizierte Instrumente zu stützen, Bücher zu lesen oder Lektionen zu hören, erringen kann.

Es gibt in der Arbeit Zeiten, wo man verstärkt alle Kräfte einsetzen muss. In solchen Fällen ist es nicht ratsam, sofort mit dem Einsatz aller Kräfte zu beginnen, sondern zuvor sollte man sich eine Übersicht verschaffen und den Geist sowie den Körper auf bevorstehende Arbeiten ausrichten. Man könnte sagen, man sollte sich mit Energie aufladen. Danach muss man langsam beginnen, d.h. die erforderliche Kraft fühlen und erst dann zu ihrem vollen Einsatz übergehen. Man muss so handeln, dass dabei die friedliche Stimmung Oberhand behält... weil dann die Arbeit sich viel besser erfüllen lässt... (es folgt ein Kapitel über die „richtigen Pausen", um das wir diesen Text hier gekürzt haben, die Hrsg.). Damit man zur Ausdauer kommt, muss man mit sich einen ordentlichen Kampf führen. Im allgemeinen sieht es in solchen Fällen folgendermassen aus:

Ein Mensch, der irgendeine Sache verdorben hat, springt wie ein Verrückter vom Arbeitsplatz auf und beginnt dann sofort mit der Arbeit von neuem. Wie bei einem Wettkampf beginnt er sehr schnell und hitzig zu arbeiten, aber zur gleichen Zeit geschieht dies unkonzentriert, weil er unbedingt versuchen will, die verlorene Arbeitszeit wieder einzuholen.

Wenn man genau hinguckt, so ist die Arbeit, ehe man sich versieht, zum zweiten Mal danebengegangen. Folglich sollte man gleichmässig in einer bestimmten Reihenfolge und sauber arbeiten.

Man sollte sich während der Arbeit nicht durch eine andere Sache ablenken lassen, es sei nur dann, wenn es für die eigentliche Arbeit wichtig ist. Oft schenken wir der Arbeit nicht die nötige Aufmerksamkeit, werden teilweise abgelenkt durch andere Dinge, obwohl es notwendig ist, sich in die Arbeit zu vertiefen und sich durch nichts ablenken zu lassen. Man muss ausserdem feststellen, dass es einige gibt, die so arbeiten: Sie arbeiten, dann rennen sie nach irgend etwas und in vielen Fällen nach Dingen, die sie gar nicht brauchen. Und was ist das Ergebnis dieser Laufereien?

Dabei kommt heraus: Der Arbeiter verliert seine Arbeitslust, vergisst Details der augenblicklichen Aufgabe, dehnt die Arbeit aus und kommt selbst aus dem Arbeitsprozess heraus. Wir sündigen öfters, indem wir gleichzeitig uns tausend Dinge vornehmen, aber nicht eine Sache bis zu Ende führen.

Folgende Regel gilt: An einer bestimmten Aufgabe wird so lange intensiv, gleichmässig und konzentriert gearbeitet, bis der Erfolg sich einstellt.

Es gibt noch eine andere dumme Angewohnheit, nämlich die, dass man nach der Ausführung der Arbeit sie sogleich einem zeigen will. Hier ist es unbedingt nötig, Zurückhaltung zu üben. Man kann sagen, man muss sich an die Erfolge gewöhnen, die Begeisterung muss in bestimmten Grenzen gehalten werden, sie muss zu einer inneren Begeisterung werden, weil im anderen Fall, wenn die Arbeit nicht gelungen ist, der Arbeitswille vergiftet wird und die Arbeit einem widerwärtig werden kann.

Es gibt in der Arbeiterfamilie auch solchen Typ - den Emporkömmling. Wenn dieser irgend etwas gut gemacht hat, so wird er unbedingt unverzüglich dem ersten besten seinen Erfolg zu zeigen. Hier ist es notwendig, sich fest in die Hand zu nehmen. Es ist wichtig, in der Arbeit zu siegen, sie gut auszuführen, ohne dabei sich etwas anmerken zu lassen, denn wenn ein anderes Mal die Arbeit nicht gelingt, man nicht gezwungen ist, sie vor den anderen zu verstecken, und nicht zu leiden braucht, wie Emporkömmlinge in solchen Fällen zu leiden pflegen.

Ein wahrhaft stolzer Arbeiter muss unbedingt zurückhaltend sein. Bei uns ist es nicht selten, dass ein kleiner Erfolg gleich auf die Strasse hinausgetragen werden muss...

Nach Beendigung der Arbeit muss man alles aufräumen: Das Werkstück, die Arbeitsinstrumente und den Arbeitsplatz, alles muss an seinen bestimmten Platz gelegt werden, damit man, wenn man wieder an die neue Arbeit geht, alles gleich findet, und die Arbeit durch Suchen und Unordnung einem nicht gleich vergällt wird.

Es ist unbedingt notwendig, vor Beendigung der Arbeit alles aufzuräumen, entsprechend der notwendigen Ordnung hinzulegen, abzuwischen und zu säubern. Ist es anders, muss man die Frage stellen: Was wird am nächsten Tage sein?

Sie kommen zur Arbeit, die Werkbank ist verrostet, die Arbeitsinstrumente liegen nicht an ihrem Platz, und man findet sie nicht.

Wie wirkt sich das auf den Arbeiter aus?
Er wird die Lust verspüren, auszuspucken, aber nicht zu arbeiten. Die Pflege des eigenen Arbeitsplatzes ist das gleiche wie die Pflege seiner eigenen Person.«

## Paul Scheerbart

## Die gebratene Ameise. Arbeitsspaß, 1902

Bei den fleißigen Ameisen herrscht eine sonderbare Sitte: Die Ameise, die in acht Tagen am meisten gearbeitet hat, wird am neunten Tage feierlich gebraten und von den Ameisen ihres Stammes gemeinschaftlich verspeist.

Die Ameisen glauben, daß durch dieses Gericht der Arbeitsgeist der Fleißigsten auf die Essenden übergehe.

Und es ist für eine Ameise eine ganz außerordentliche Ehre, feierlich am neunten Tage gebraten sind verspeist zu werden.

Aber trotzdem ist es einmal vorgekommen, daß eine der fleißigsten Ameisen kurz vorm Gebraten werden noch folgende kleine Rede hielt:

»Meine lieben Brüder und Schwestern! Es ist mir ja ungemein angenehm, daß Ihr mich so ehren wollt! Ich muß Euch aber gestehen, daß es mir noch angenehmer sein würde, wenn ich nicht die Fleißigste gewesen wäre. Man lebt doch nicht bloß, um sich totzuschuften!«

»Wozu denn?« schrieen die Ameisen ihres Stammes - und sie schmissen die große Rednerin schnell in die Bratpfanne - sonst hätte dieses dumme Tier noch mehr geredet.

**Gute Bücher fallen nicht vom Himmel**
**Trotzdem Verlagsgenossenschaft**

**Ein anarchistisches Projekt**
Mit der Gründung der Verlagsgenossenschaft ist es 2001 gelungen, ein breites anarchistisches Projekt zu initiieren. Die Genossenschaft – getragen von weit über 100 Mitgliedern - hat den Trotzdem Verlag komplett übernommen und führt seitdem das Programm weiter: Klassiker des Anarchismus, libertäre Geschichte, Theorie und Wissenschaft, Staats- und Gesellschaftskritik sowie Titel zum aktuellen Zeitgeschehen.

**Unsere neuen Buchveröffentlichungen**
- zu krativen Protestformen: Marc Amann (Hg.): go. stop. act! Die Kunst des kreativen Straßenprotests
- zu politischer Theorie: Michael Albert: *Parecon. Leben nach dem Kapitalismus*
- zu politischer Theorie: Engelke/Klein/Wilk (Hg.): Soziale Bewegungen im globalisierten Kapitalismus.

**Gute Bücherwerden von uns gemacht**
Mit ihren Ideen, dem Anregen von Veranstaltungen zu unseren Büchern und vielen weiteren Impulsen können die Mitglieder der Genossenschaft für ein vielfältiges Verlagsprogramm und die Verbreitung libertärer Sichtweisen und Denkansätze sorgen.
Mit ihren Anteilen sichern die Genossinnen und Genossen die publizistische Arbeit des Verlags. Die Mitgliedschaft in der Genossenschaft steht allen Interessierten offen. Jedes Mitglied zeichnet mindestens einen Anteil in Höhe von 250 €, kann sich aber auch mit einem Vielfachen davon beteiligen. Die Genossenschaftsmitglieder erhalten einen Mitgliedsrabatt von 30 % auf alle Bücher des Verlags.

**Trotzdem Verlagsgenossenschaft**
**Mainzer Landstraße 107**
**60329 Frankfurt**

**T 069 – 238 02 876**
**F 069 – 238 02 874**

**info@trotzdem-verlag.de**
**www.trotzdem-verlag.de**